FANG FANG

Une vue splendide

Roman traduit du chinois
par Dany Filion

Éditions
Philippe Picquier

COLLECTION DIRIGÉE
PAR MARIE CLAIRE HUOT

Titre original : *Fengjing*

Mas de Vert
B.P. 150
13631 Arles cedex

En couverture : D. R.

Conception graphique : Picquier & Protière

ISBN : 2-87730-686-0
ISSN : 1251-6007

... derrière les décors de l'existence immense, au plus noir de l'abîme, je vois distinctement des mondes singuliers...

BAUDELAIRE

Préface

Une histoire de fantômes

En 1987, une femme écrivain choquait le public chinois en faisant paraître son roman *Une vue splendide*. Sans détour ni pudeur, Fang Fang exposait la vie d'une famille de la classe ouvrière décapée de son vernis maoïste.

Père picole ou bat femme et enfants, Mère se dandine comme une poule devant le sexe fort, Grandes Sœurs Petit Parfum et Grand Parfum suivent l'exemple maternel ; de Grand Frère à Septième Frère, chacun à sa façon tente de se sortir de son trou : par l'amour, par le sexe, par l'argent et le jeu, par le mariage, par le travail politique ou par la mort.

Car cette famille, composée de onze membres vivants et d'un bébé décédé peu après sa naissance, vit bel et bien dans un trou. Ils vivent sous un même toit, dans une minuscule cabane en contreplaqué secouée toutes les sept minutes par le train Pékin-Guangdong. Ils sont de Wuhan, cette ville au cœur de la Chine, au croisement des chemins de fer, au bord du grand fleuve qu'est le Yangzi. C'est la ville où réside Fang Fang depuis son enfance.

Fang Fang connaît bien le milieu ouvrier de Wuhan. Alors que, pendant la Révolution culturelle, la majorité des jeunes « répondait à l'appel de Mao » en allant s'instruire auprès des paysans, elle a travaillé dans l'expédition de marchandises à Wuhan. Peut-être était-elle docker comme le personnage de Père ? Ainsi cette galerie de monstres ne serait pas pure fiction ?

Tout ce qu'on voudrait hors de vue est exposé dans *Une vue splendide* : obscénité, viol, meurtre, suicide, infirmité, violence intrafamiliale ou entre gangs, vanité, cupidité, trahison, indifférence, alcoolisme, sexisme, machisme, opportunisme.

Septième Frère aime à se demander qui, Père ou Mère, il battra en premier lorsqu'il sera grand ; il jongle aussi avec l'idée qu'il pourrait violer devant Père sa mère et ses sœurs parce qu'il a entendu les cris de douleur d'une victime de ses frères et que cela lui semble drôlement efficace.

Ces vies sans amour et sans poésie, Fang Fang les livre dans un langage cru.

Père dit à ses deux filles :

« Si vous avez un pet de travers, vous le mettrez sur la table. »

Père dit au petit dernier :

« T'es pas mort ? Qu'est-ce que tu viens faire à la maison ? Y a pourtant pas de garde-fous sur la voie ferrée. »

Septième Frère avoue ainsi à sa fiancée stérile :

« Si tu étais une femme intacte, accepterais-tu l'amour de quelqu'un issu d'une famille comme la mienne (…) ? En vérité, si je t'ai choisie, c'est à quatre-vingts pour cent pour le pouvoir de ton père. »

Ce franc-parler qui fait fi de toute convenance passe par la bouche d'un innocent, Huitième Frère, né en 1961 et mort à l'âge de quinze jours. Le texte est, par conséquent, tout simple, avec un vocabulaire rudimentaire ; ce qu'il profère de façon « angélique » crée un effet comique, compte tenu de l'absence de jugement de valeur de ce petit bout de fantôme. Le récit de la famille s'arrête donc au moment où notre narrateur est déterré puis enterré de nouveau ailleurs. De là, il ne peut désormais plus « voir » qu'une « vue splendide ».

Fang Fang a posé avec ce roman une « stèle » – comme il est dit en chinois – dans la littérature chinoise. *Une vue splendide* n'offre pas de spectacle ni de révélation sur la Chine. C'est un roman couleur locale qui refuse toute portée philosophique et toute exemplarité. Par son ton mordant, ironique, ce roman offre un simple portrait du petit monde, qui n'a que faire des beaux discours.

A titre d'exemple, la Révolution culturelle ne signifie rien de négatif pour eux. Pour Septième Frère, elle est une véritable libération. Alors qu'il n'a nul besoin d'aller à la campagne – sa famille n'est certainement pas de la « septième catégorie puante », il ira et dormira enfin dans un lit pour la première fois de sa vie et commencera même à prendre des rondeurs, lui qui est si cadavériquement blanc et chétif qu'on le prend pour un fantôme. Deuxième Frère, lui aussi, s'improvisera « jeune instruit » afin de pouvoir suivre l'être cher à son cœur qui, elle, est issue d'une famille persécutée. En fait, ils sont tous deux des fantômes : ils n'agissent pas sur le monde et ni la littérature ni la politique ni l'amour n'ont de prise sur eux.

Une vue splendide ne peut être lu comme une allégorie nationale. Fang Fang nous présente ici l'album de famille de dockers de Wuhan qui, avant son roman, étaient invisibles sur la scène littéraire chinoise.

Fang Fang, nom de plume de Wang Fang, est née en 1955 à Nankin mais vit à Wuhan depuis son enfance. Elle a commencé à écrire de la poésie dans les années soixante-dix, puis des romans qui paraissent dès 1982. Pendant la Révolution culturelle, après avoir terminé ses études secondaires, elle a été ouvrière à Wuhan. De 1978 à 1982, elle a étudié au département de chinois de l'université de Wuhan. De 1982 à 1989, elle a travaillé pour la télévision de la province du Hubei à Wuhan comme journaliste, rédactrice et scénariste. En 1989, elle est devenue écrivain professionnel, rattachée à l'Association des écrivains de la province du Hubei. Depuis 1990, elle est vice-présidente de cette association. Elle est également rédactrice en chef d'une revue, *Célébrités contemporaines*.

Une vue splendide (Fengjing) est son roman le plus représentatif. Paru en 1987, il a été consacré « meilleur roman chinois » de cette année-là.

MARIE CLAIRE HUOT

1

Septième Frère dit : si tu as réalisé que toutes les choses de la vie, et la vie elle-même, ne valent pas un sou, c'est que tu as compris que le seul fait d'avoir vécu jusqu'ici donne un peu de saveur à l'existence. Alors, tu peux aller et venir sur le chemin de l'existence humaine, léger comme un cheval céleste en cavale dans l'espace.

Septième Frère dit : la vie, c'est comme les feuilles d'un arbre, un va-et-vient incessant. Le destin des bourgeons du printemps est de voltiger en automne. Tous les chemins conduisent à la même fin ; à quoi bon se soucier de s'engraisser à la marmite d'un autre ?

Septième Frère dit : beaucoup de gens qu'on dit intègres ne vivent que pour eux-mêmes. Ils n'offensent personne mais n'apportent rien à la société, ni à l'humanité. On rencontre aussi des gens qu'on dénigre parce qu'ils s'enrichissent de façon malhonnête, mais à qui il peut arriver de donner une grosse somme d'argent pour la construction d'un hôpital ou d'une école. De ces deux personnages, peux-tu dire lequel est le meilleur et lequel est le moins bon ?

Dès que Septième Frère entre à la maison, il est comme un chien fou qui raconte n'importe quoi, sans aucune retenue. Comme si, pour n'avoir jamais eu droit à la parole dans son enfance, il prenait maintenant une cruelle revanche.

Père et Mère ne veulent pas entendre tout ce cirque de Septième Frère, ils lui lancent un « Tête enflée » et se sauvent au-dehors. Le chemin de fer Pékin-Guangdong frôle de près l'avant-toit. Le train passe en moyenne toutes les sept minutes. Le grondement sourd entraîne dans son sillage des sifflements, un corridor de vent et un bruit assourdissant qui casse les oreilles. Là, Père et Mère peuvent entendre chacune des syllabes de Septième Frère se fracasser contre les roues colossales du train.

Si Septième Frère avait fait cela pour la première fois à l'époque où Père avait une de ses humeurs, Père aurait sorti un couteau et lui aurait coupé la langue. Mais aujourd'hui, il n'ose plus le faire. Septième Frère est maintenant un personnage. Père doit réprimer son orgueil et composer avec lui.

Aujourd'hui, Septième Frère est grand et gros. Une lueur rouge feu flotte souvent sur son visage. Son ventre est rebondi juste comme il faut. On a beaucoup de mal à imaginer que l'ossature qui maintient ses chairs en place est toujours la même qu'autrefois. Je soupçonne que l'opération qu'il a subie à vingt ans n'était pas destinée à lui enlever l'appendice mais bien à lui changer les os. Autrement, il est difficile d'expliquer qu'à la suite de cette ablation, il soit devenu de plus en plus grand et gros. Septième Frère s'habille de complets-veston et porte la cravate, il a l'air imposant des marchands de Hong Kong. Et quand il ajoute à tout ça une paire de lunettes sans monture, il ressemble énormément à un professeur d'université ou à un expert. Quand il marche dans la rue, il y a souvent des demoiselles qui ne peuvent s'empêcher de le regarder avec émotion. Quand il discute au-dehors, il n'a pas du tout l'air d'un chien fou. Avec élégance et raffinement, il fait étalage d'idées qui, dit-on, demandent même aux philosophes des dizaines d'années de cogitations pour les comprendre.

Septième Frère a déjà séjourné à l'hôtel du Fleuve limpide. Au début, Père ne le croyait pas. Tous les jours où Père va se balader du côté du fleuve, il peut voir cet immense bâtiment tout blanc. Père a vécu toutes ces années à Hankou et il n'a encore jamais vu d'aussi gros édifice. Il affirme même catégoriquement que seuls le président Mao ou le premier ministre Zhou, des personnes de ce rang, pourraient y séjourner. Mère dit que le président Mao et le premier ministre Zhou n'ont même pas eu le temps d'y entrer puisqu'ils sont montés au ciel avant. « Eh bien, dit Père, il y a encore le secrétaire général Hu et le premier ministre Zhao qui pourraient y séjourner. » Père prononce ces paroles en 1984.

Sans donner de détails, Septième Frère dit: à l'intérieur de l'hôtel, le caractère *limpide* est calligraphié un peu comme le caractère *sombre*, si bien qu'on croirait que c'est écrit *hôtel du Fleuve sombre*, si vous ne me croyez pas, allez vérifier.

Père et Mère ne pouvaient naturellement pas imaginer qu'ils auraient un jour l'opportunité d'aller là-bas y voir. Pourtant, un jour, on annonce dans le journal que les entrepreneurs privés sont désormais admis à l'hôtel du Fleuve limpide. Cinquième Frère et Sixième Frère prennent alors chacun mille yuans et vont y faire un tour, ils reviennent le lendemain et disent à Père que c'est vrai, le petit Septième a vraiment séjourné là-bas, puisque la calligraphie de ce fameux caractère *limpide* donne vraiment l'impression que c'est écrit *hôtel du Fleuve sombre*.

Septième Frère dit: je vais toujours là-bas en taxi, à chaque fois un jeune valet habillé de rouge m'ouvre la portière, s'incline une fois et dit: « Soyez le bienvenu ! »

Cinquième Frère et Sixième Frère, eux, y sont allés en autobus; passé le pont, ils ont marché encore un bon bout de chemin. Ils n'ont pu vérifier les dires de Septième Frère. De toute manière, Père et Mère le croient maintenant sur parole.

Quand Père retourne flâner du côté du fleuve et qu'il rencontre des connaissances, il ne peut s'empêcher de dire: « Cet hôtel du Fleuve limpide, eh bien y a rien de spécial, mon petit Septième y est allé à plusieurs reprises ! »

« Oh ! C'est bien le petit Septième qui dormait sous le lit ? » demandent souvent ses compagnons avec étonnement.

Père répond : « Oui, oui, c'est ça, c'est à force de dormir à la dure qu'il en est ressorti un personnage. » Père a le visage inondé de tendresse et de fierté en disant cela.

A vrai dire, dans le passé Père a toujours douté que Septième Frère fût son fils. C'est quand le ventre de Mère a commencé à poindre que Père a réalisé ce qui se passait. Accroupi sur le seuil, il a calculé les jours. Le décompte fait, il a empoigné Mère et lui a balancé deux baffes. Il disait que ça tombait juste dans le temps où il était sur un cargo en route pour Anqing. Un vieil ami sur le point de mourir voulait le revoir une dernière fois. En tout, il était parti quinze jours et c'était exactement pendant cette période que Mère était tombée enceinte de Septième Frère. Mère a été enjôleuse toute sa vie, cela Père le savait. Lui absent un demi-mois, comment aurait-elle pu supporter d'être seule ? Père pensait que le voisin Bai Liquan était le plus suspect. Bai Liquan est très mince et ses prunelles fuyantes laissent échapper de mauvaises intentions. Ses lèvres fines ont toujours eu la parole facile pour séduire les femmes avec art. Mais par-dessus tout, c'est que Père avait vu de ses propres yeux lui et Mère se zieuter. Plus il y pensait, plus il avait l'impression de tenir la vérité. Et c'est pourquoi, pendant le mois qui a suivi l'accouchement de Septième Frère, il n'a même pas jeté un seul regard sur Septième Frère. Il s'est assis comme si de rien n'était sur le pas de la porte et a bu de l'alcool à grandes rasades. Il grignotait des graines de soja grillées en faisant des cric-crac bien sonores.

C'est Grand Frère qui aidait Mère pour tout. Grand Frère avait déjà dix-sept ans à cette époque. Il prenait solennellement soin de ce Septième Petit Frère mou comme un ver. Six mois plus tard, Père a regardé pour la première fois Septième Frère. Il l'a observé très attentivement. Puis, comme on décharge les ballots, il l'a balancé sur le lit. Septième Frère était tout maigrelet, il n'avait rien de la fibre robuste et imposante des descendants de Père. Père a tiré les cheveux de Mère et l'a pressée de questions pour enfin savoir de qui Septième Frère était le fils. Mère s'est disputée avec lui en hurlant de toutes ses forces. Elle l'a traité de porc sauvage, de chien répugnant, de diable aveugle. Elle lui a reproché d'être allé rendre un dernier hommage à son ancienne maîtresse sur son lit de mort à Anqing et d'avoir encore assez de vergogne pour revenir chicaner à la maison. Les cris rauques de Père et Mère surprenaient par leur puissance. Le train qui passait toutes les sept minutes n'arrivait même pas à assourdir leurs clameurs. Les voisins étaient accourus de partout attirés par le brouhaha. C'était juste à l'heure du souper, tous les spectateurs, leur bol à la main, se pressaient en tas devant la porte. Tout en mastiquant, ils rigolaient de voir Père et

Mère se chamailler et faisaient toutes sortes de commentaires. Quand Mère a craché sur Père, on a noté qu'elle ne faisait plus ce geste avec autant de grâce qu'auparavant. Et quand, incapable de contenir sa colère, Père a cassé son bol, plusieurs ont dit qu'un bol cassé ne sonnait pas aussi bien qu'un thermos cassé. Mais ceux qui connaissaient la maisonnée savaient qu'ils n'avaient pas de thermos, sans quoi Père n'aurait certainement pas cassé son bol. Tout le monde pouvait témoigner que Père était un brave et fier gaillard de ce coin nommé « Henan Pengzi ».

Cela ne faisait aucun doute, Père était vraiment un brave gaillard. Toute la famille le vénérait, Mère encore plus, naturellement. De toute sa vie, la seule chose dont elle a été fière, c'est d'avoir un homme comme lui. Bien qu'en quarante ans de mariage, il l'ait battue des dizaines de milliers de fois, elle était tout à fait satisfaite. En fait, Père qui battait Mère, c'était, à tout prendre, un ingrédient essentiel de leur vie de couple. Mère avait besoin des douces galanteries et de l'incomparable humilité et docilité dans lesquelles se trouvait Père quand il l'avait battue. C'est pourquoi, quand cela faisait un certain temps qu'elle n'avait pas été battue, elle provoquait volontairement des troubles qui faisaient bondir Père comme un violent coup de tonnerre. Mère est une femme belle et attirante. Mais elle n'a jamais véritablement trahi Père. Devant les hommes, elle aime taquiner et se pavaner, c'est dans sa nature. Sans plus. Mère disait d'ailleurs :

peut-il y avoir dans le monde un homme plus viril que Père ? Elle disait : s'il y en a un, ce serait vraiment comme voir le diable en personne. Elle disait qu'elle se jetterait dans les bras d'un autre homme si Père mourait avant elle. Elle n'avait que vingt-cinq ans quand elle disait cela. Elle en a maintenant soixante. Père est toujours bien en vie. C'est sûr que Mère a fait honneur à sa promesse. Les soupçons de Père voulant que Septième Frère soit de la graine du voisin Bai Liquan sont donc sans fondement. Bai Liquan est plus jeune que Mère de dix-huit ans, elle ne pouvait bien sûr pas s'empêcher d'aller le titiller de temps en temps et de le palper ici et là, mais Septième Frère est, sans risque d'erreur, le fils de Père. Car seul un type comme Père pouvait engendrer un fils comme Septième Frère. Mais ce raisonnement, ce n'est que vingt-cinq ans plus tard, le jour où Septième Frère annonça soudain qu'il venait d'être intégré au comité provincial de la Ligue de la jeunesse communiste à un poste de fonctionnaire, que Père le comprit enfin. Père a même entendu Septième Frère dire que pour les membres de son comité, la prochaine étape était le comité provincial du Parti communiste. A partir de là, le comité central du Parti n'est plus très loin. Mais Père n'arrive pas encore tout à fait à accepter cette réalité. De toute sa vie, Père n'a même pas eu la chance de rencontrer un fonctionnaire de district. Le fonctionnaire du rang le plus élevé avec qui il a été en contact est le chef de quai, en tout il lui a dit deux phrases et demie. La demie, c'est parce que le chef de quai est parti répondre au téléphone avant la fin. Et maintenant, à vingt ans à peine, son petit Septième est plusieurs échelons au-dessus du chef de quai. C'est pourquoi, contrairement à sa règle, Père fait preuve de beaucoup d'indulgence et de bienveillance face à l'insolence de Septième Frère qui, dès qu'il entre dans la maison, prend les allures d'un coq fier qui redresse sa queue à tout instant.

2

Père a niché sa femme, ses sept fils et ses deux filles dans une cabane en bois de treize mètres carrés du quartier Henan Pengzi de Hankou. C'est là qu'il habite depuis le jour de son mariage. Lui et Mère ont, en dix-sept ans, donné naissance à leurs neuf fils et filles. Le huitième fils est mort quinze jours après sa naissance. Père a déploré avec beaucoup d'amertume la mort prématurée de ce petit brin de vie. Cette année-là, Père avait quarante-huit ans. Non seulement le nouveau-né était de l'année du Tigre comme lui, mais son anniversaire tombait aussi le même mois, le même jour et à la même heure que lui. Pendant ces quinze jours, Père jubilait de bonheur et se faisait un devoir de prendre son jeune fils dans ses bras tous les jours. A aucun autre de ses enfants, il n'a prodigué un amour paternel aussi profond. Puis soudain, le seizième jour, le corps du bébé s'est raidi. Le soir même il rendait son dernier soupir. La douleur de Père a quasi renversé Mère d'épouvante. Père a acheté du bois pour construire un tout petit cercueil et il a enterré le nouveau-né sous la fenêtre. C'est moi. Je suis extrêmement reconnaissant à Père de m'avoir donné chair et sang et surtout de m'avoir permis de rester avec la famille pour toujours. Je regarde paisiblement mes frères et sœurs vivre et grandir, se débattre dans les situations difficiles et se battre entre eux. Je les ai tous entendus dire, chacun leur tour, en regardant par la fenêtre, que tout compte fait, c'était le petit Huitième qui avait le plus de chance. Ça m'embête de disposer de beaucoup plus de bonheur et de tranquillité que chacun d'eux. Que le destin me soit plus favorable qu'à eux, ce n'est absolument pas ma faute. C'est d'ailleurs très souvent que, le cœur rongé de remords, j'observe avec attention Père, Mère et mes aînés. Dans leurs moments les plus douloureux, j'envisage même de me relever, de sortir et d'abandonner mon paisible bonheur pour aller avec eux partager leurs douleurs. Mais je n'ai encore jamais eu le courage de faire ce pas. Face à leur monde, je ressens une peur qui me fait frémir jusqu'au plus profond de moi. Je suis si faible, voilà pourquoi j'implore très souvent toute ma famille de me pardonner, à moi, cette faiblesse. De me pardonner d'être le seul à bénéficier de la tranquillité et de la douceur de vivre qui devraient appartenir à toute la famille. De me pardonner d'avoir ce regard impassible auquel rien n'échappe, de les regarder trimer et se démener, de regarder leurs épreuves et leurs misérables inquiétudes.

Cela s'est passé en 1961. C'était à l'époque où mes neuf frères et sœurs se mouraient de faim et tendaient, hébétés, leurs frêles petits cous vers leurs parents. Père et Mère ont alors carrément décidé d'abandonner leur projet de jeunesse de mettre au monde un bataillon.

Dans la cabane, il y avait un grand lit et une petite table à manger très basse. La cuvette en bois et la boîte en carton qui servait de meuble de rangement étaient dans un coin. Pour ses deux filles, Père avait construit une minuscule mansarde. Les autres sept frères dormaient en enfilade sur la couchette installée sur le sol pour la nuit. Tous les soirs avant d'aller dormir, Père faisait le compte : il voulait être sûr que tous ses enfants étaient vivants pour avoir l'esprit tranquille. Ensuite, il posait sa tête sur le bras de Mère, en guise d'oreiller, et se mettait à ronfler bruyamment.

Père racontait que cet endroit, Henan Pengzi, les Baraques du Henan, datait du temps où Grand-Père et sa bande, fuyant la famine du Henan, avaient campé ici. Aujourd'hui, Henan Pengzi se dispute presque le terrain avec le centre-ville. Au sud, de l'autre côté du chemin de fer Pékin-Guangdong, c'est la rue de la Gare. La gare de Hankou, dressée au fond de la rue, ressemble tristement à une église. De la rue de la Gare, on peut prendre la rue Zhongshan sur la droite. Sur cette section de la rue Zhongshan, toutes les portes, pour ainsi dire, ouvrent sur un magasin. Le studio de photographie « Oiseau de

Fer », le restaurant du Vieux Passage de la ville, la Première Manufacture de vêtements, avec l'avenue Yangzi et les rues Jianghan et Liuduqiao, c'est l'endroit le plus animé et le plus prospère de Hankou. Tous les jours, Père traverse la rue Zhongshan et se rend directement au parc « Au bord du fleuve » pratiquer le tai-chi. Père est toujours fier de dire à ses compagnons de tai-chi qu'il est un vétéran de Henan Pengzi, alors qu'en fait, pour les vieux habitants de Hankou, prononcer les quatre syllabes *Henan Pengzi* sans prendre un ton méprisant, c'est tout simplement une insulte à leur dignité.

Père racontait que c'était dans la douzième année du règne Guangxu, en 1887, que Grand-Père avait fui la famine du Henan et qu'il était arrivé à Hankou. Il avait alors commencé à travailler au port de Hankou. Depuis ce temps-là et jusqu'à Quatrième Frère aujourd'hui, cela faisait déjà trois générations de dockers. Troisième Frère disait toujours : si Grand-Père avait fait l'armée dès son arrivée, il aurait sans doute participé à la révolution de 1911, il aurait sans doute été une tête dirigeante et la famille serait devenue très riche. Et aujourd'hui, frères et sœurs, on serait sûrement tous des enfants de hauts fonctionnaires de Pékin. Père criait : foutaises ! Père disait que les gens qui ne vivaient pas comme Grand-Père menaient une vie tout à fait insignifiante. Grand-Père était un homme de haute taille et bien baraqué, fort comme un bœuf et prêt à rendre service à tout le monde. Très tôt d'ailleurs, il avait rejoint les rangs d'un « gros gang ». C'était à l'époque où la coutume de se « bagarrer au port » était à son apogée et Grand-Père était un bagarreur hors pair. Tous les chefs de tous les gangs confondus se confondaient en éloges devant lui. Quand il s'agissait de ses amis, Grand-Père ne faisait pas la distinction entre le vrai et le faux, il se ruait au front avec autant d'exaltation à chaque appel, pour ainsi dire. Père racontait que dès l'âge de quatorze ans, il se bagarrait au port avec Grand-Père. Il avait donc vu de ses propres yeux quel type héroïque et féroce c'était. Un jour, pourtant, au cours d'un combat cruel, Grand-Père a été gravement blessé. Il avait plusieurs côtes fracturées, son sang coulait à flots de partout, on aurait dit qu'il était enveloppé dans un tissu rouge. Quand on l'a ramené à la maison, il était déjà à un souffle de la mort. Mais, malgré son état, il affichait toujours le sourire. Père racontait : le grand chef Yin Qizhou s'est montré très attentionné envers Grand-Père, il a même envoyé quelqu'un lui porter de la poudre blanche médicamentée du Yunnan. Yin Qizhou était dans ce temps-là l'« Empereur du port » le plus connu de Hankou. Quand Père prononce son nom, encore aujourd'hui, il en est secoué jusqu'à avoir des frissons. Mais ce médicament n'a pas réussi à sauver la vie de Grand-Père. Il a posé la main sur l'épaule de Père et l'a tapotée deux fois avant de rendre le dernier soupir. Père était agenouillé devant lui et pleurait. Dès qu'il a vu sa tête basculer en avant, il a crié et s'est jeté sur son corps. Tous ceux qui étaient là ont aussitôt compris que Grand-Père venait de partir. Les sanglots ont roulé comme le tonnerre dans un ciel lointain. Le nombre de ceux dont la mort de Grand-Père crevait le cœur semblait être sans fin. Encore aujourd'hui, Père ne comprend pas vraiment pourquoi. Il pense que ce devait être lié à l'habileté de Grand-Père au combat. Cette année-là, Père avait vingt ans. En dépit d'une stature un peu moins imposante, il ressemblait en tout point à Grand-Père. Trois jours après l'enterrement, le chef l'a invité à venir se bagarrer au port avec eux. Il s'est avancé avec un regard de tigre menaçant et s'est planté bien droit au milieu de tous. De stupeur, les autres en sont restés les yeux écarquillés, bouche bée. Il y en a même qui ont demandé d'une voix tremblotante s'ils avaient affaire à un homme ou à un fantôme.

Chaque fois que Père arrive à ce point de son récit, il tourne son visage vers le ciel et rit aux éclats. Puis, il avale une grande gorgée d'alcool et attrape une dizaine de graines de soja qu'il enfourne dans sa bouche et mastique en faisant des cric-crac bien sonores.

Chaque fois que Père picole, il raconte sans arrêt ses histoires de bagarres. Dans ces moments-là, ses fils sont obligés de s'asseoir sagement à ses côtés et de l'écouter poursuivre leur « éducation traditionnelle ». Une fois, Deuxième Frère voulait aller chez son ami réviser ses leçons pour passer l'examen d'entrée à l'école secondaire ; il n'avait pas prévu qu'au moment où il arriverait sur le pas de la porte, Père attraperait une assiette de graines de soja et lui jetterait le tout, graines et assiette, à la tête. Tout de suite, les sœurs Grand Parfum et Petit Parfum ont lâché un cri perçant. Les graines de soja se sont éparpillées sur le sol et l'assiette a entaillé le visage de Deuxième Frère. Le sang a coulé de son front jusqu'à la commissure des lèvres. Père a dit : « Tu vas t'asseoir et écouter un peu comment ton vieux est devenu un homme ! » Depuis, quand on tombe sur Père dans un de ces moments-là, personne n'ose remuer les fesses. Septième Frère en a même oublié sa vessie et mouillé son pantalon à plusieurs reprises.

La seule qui aime écouter Père raconter ses histoires du passé, c'est Mère. Sa mémoire est de loin supérieure à celle de Père. Pour lui rappeler les dates, les lieux, les noms qu'il oublie, il se fie entièrement à elle. Si Mère aussi a oublié, Père doit alors se frapper énergiquement le crâne pour réfléchir, au point que son visage se convulse de douleur. Et s'il n'arrive pas à se souvenir, il ne poursuit pas plus loin son récit. Quand il lui arrive ce genre d'imprévu, ses fils et ses filles ont comme un jour d'armistice général. Une fois, pour se souvenir de la date de la bagarre du port de Xu Jiapeng qui, en la trente-sixième année de la République nationale, avait mis en émoi le tout Wuhan, Père a dû réfléchir une semaine entière.

Comme il ne s'en souvenait toujours pas au bout d'une semaine, il a dû, pour trouver la date, se fier aux saisons et ainsi il a pu rassembler à nouveau son auditoire. Il a raconté que cela se passait au cours du trente-sixième hiver de la République nationale. Les Japonais venaient juste de ficher le camp, le chemin de fer Guangdong-Hankou était à nouveau en service, les activités du port de Xu Jiapeng battaient leur plein. Quelques chefs, fous de jalousie, lui avaient bien fait la guerre à quelques reprises, mais sans jamais la vaincre. Le chef du gang, Wang Lisong, a fait parvenir une invitation à Père. Ce jour-là, Père avait des fourmis dans les mains, il a donc accepté avec empressement. Pour cette bagarre au port de Xu Jiapeng, il s'est levé à trois heures du matin. Quand il a traversé le fleuve, le ciel était encore noir comme la laque. Un vent violent et glacial lui fouettait et lui pinçait le visage par rafales. Père portait une veste noire, il avait les reins bien ceinturés, cela lui donnait une allure imposante et menaçante. Avant de monter dans le navire, il a bu au moins huit liangs d'alcool. L'alcool a réchauffé son sang qui s'est mis à parcourir tout son corps en vagues successives, voilà pourquoi il ressentait une joie inexprimable face au vent glacial qui s'insinuait jusqu'aux os. Comme Napoléon, Père a observé le vaste et insondable Grand Fleuve sans le moindre soupçon de crainte sur son visage. Il avait une palanche à la main, il utilisait toujours celle-là, elle était d'un brun foncé luisant. Il la maniait avec vraiment beaucoup d'aisance, il trouvait même que son arme n'avait rien à envier au fameux sabre *le Dragon vert saisissant la lune de Guangong*.

Assis dans la cale, son compagnon, Xiong Jingou, grelottait. Saisi d'un fou rire, Père lui a dit en pointant ses jambes vers lui : « Mon vieux couillon, j'ai bien envie de te jeter dans le fleuve en pâture aux poissons ! » L'eau du fleuve était extrêmement boueuse, le clapotis des rames murmurait une chanson ensorcelante qui, dans le gris blafard du petit matin, montait comme une douce et sereine mélancolie. Xiong Jingou continuait de grelotter. Peu importaient les injures de Père, il ne s'arrêtait pas, ce qui a entraîné quelques-uns de ses voisins dans le même mouvement. Xiong Jingou avait une vieille mère aveugle et trois filles frêles comme l'herbe. Un quatrième enfant gonflait déjà bien gros le ventre de sa femme. Quand Père et les siens ont accosté, le jour n'était pas encore levé. En jouant aux plus rapides, ils ont occupé tous les quais du port de Xu Jiapeng dans un temps record. C'étaient des types robustes, courageux et prompts à l'action, ils avaient l'habitude d'effrayer les gars des clans adverses et de les rendre tout mous. Quand ils ont rencontré le gang des batailleurs muets de la rue Huaqing, les autres ont déguerpi comme s'ils allaient faire dans leur culotte, tout en reprochant à leurs parents de ne leur avoir donné que deux jambes.

Les muets de la rue Huaqing, c'étaient des batailleurs à la solde de Lu le Dixième. A cette époque, quand on parlait de Lu le Dixième, « le Tigre de la rue Huaqing », personne ne pouvait s'empêcher de trembler. Ses batailleurs avaient le cœur dur et la main cruelle, et ils ne cherchaient pas à savoir pourquoi ils devaient en venir aux poings. De toute façon, ils n'avaient même pas le droit de demander pourquoi. Père et Lu le Dixième n'ont jamais sympathisé. Dans le groupe de muets par contre, il y en avait un ou deux qui avaient autrefois voué un culte à Grand-Père. Cette fois-là donc, Père et les siens ont, bien sûr, remporté la victoire. Au lever du jour, ils ont ramassé les cadavres de leurs adversaires, les ont ligotés à des pierres et jetés au fond du fleuve. C'est à un type nommé Zhang que Père a accroché une pierre. Père a dit qu'il le connaissait. Ils avaient déjà travaillé ensemble dans un port. Père se souvenait qu'un jour où il titubait un peu, Zhang lui avait prêté main-forte. C'était un vrai brave type. Mais il ne savait pas quel hasard l'avait fait mourir dans cette échauffourée. A force d'y penser, il s'est dit que ce devait être le destin. Donc, ce jour-là, un gourdin de fer avait fait une entaille triangulaire à l'une des jambes de Père. Le sang avait giclé comme d'une fontaine. Père avait l'habitude de voir du sang couler, il a tout simplement séché sa plaie avec un peu de terre. Dès le lendemain, il est retourné travailler au port. Cette cicatrice, de la couleur de la terre, on en voit encore la marque sur sa jambe aujourd'hui. Le soir même, les chefs du gang ont magistralement fêté leur victoire par des toasts répétés et enthousiastes, tandis que Père et les siens nettoyaient leurs plaies dans leurs cabanes, ou bien allaient mener leurs comparses blessés à l'hôpital, ou même pleuraient leurs amis décédés. Le grelotteux Xiong Jingou n'avait pas la moindre blessure. Il était reparti, tout rayonnant de joie, après avoir reconduit Père chez lui. En fait, c'est dommage qu'il n'ait pas été tué ce jour-là, racontait Père. Parce que, quinze jours plus tard, au cours d'une autre bataille, il a été désigné par un chef comme l'adversaire à « battre à mort ». Dans l'espoir de porter son cadavre sur leurs épaules et de remporter la victoire, les chefs ont envoyé discrètement quelques-uns de leurs hommes dans la mêlée avec pour mission de battre à mort Xiong Jingou. Père a vu une barre de fer s'écraser dans la direction de Xiong Jingou. Il a poussé un cri. Le temps que Xiong Jingou tourne la tête, la barre de fer lui est tombée pile sur le dessus du crâne. Il n'a même pas eu le temps de râler avant de s'écraser au sol. Son sang a coulé et sa tête s'est transformée en une nouvelle espèce de melon.

Le soir de cette fameuse bataille, Père s'est saoulé à mort. Il a battu Mère, puis il a juré qu'il n'irait plus jamais se bagarrer au port. Mais il n'a pas tenu parole, bien sûr, car arrêter de se battre et de se bagarrer est aussi difficile que d'arrêter de fumer l'opium.

C'est qu'il avait un trop-plein d'énergie. S'il ne l'avait pas utilisée, elle aurait étouffé à l'intérieur de lui et cette énergie bloquée l'aurait tourmenté et aurait fini par le tuer.

Ces scènes pathétiques du passé provoquent toujours une excitation folle chez Père. Parfois, après avoir avalé de grandes rasades d'alcool, il s'emporte : « Fils, quand est-ce qu'il va vous arriver des aventures aussi palpitantes que celles du vieux ? »

3

Maintenant, Père souffre un peu de sa solitude. Qu'un homme comme lui puisse éprouver de la douleur pour quelque chose n'est vraiment pas évident. Mais ce qui ne fait pas l'ombre d'un doute, c'est que Père souffre. Il habite toujours la même cabane, mais ses fils et filles s'en sont, un à un, envolés. Les vagues de ronflements et l'agitation de la couchette, les rires affectés s'élevant sans raison de la mansarde, tout cela a été remplacé par le silence. Curieusement, la cabane paraît plus vide. Au Nouvel An, cette année, chaque enfant a sorti dix yuans pour lui acheter un canapé. Le canapé est contre le mur, Père ne s'y assoit jamais. Il dit que ça fait mal aux fesses quand on s'y assoit. Par beau temps, il a l'habitude d'aller jouer aux cartes dans la rue, les jours de pluie, il s'étend sur le lit et se perd dans des lamentations interminables. Il dit : « Y a juste le petit Huitième qui me tient compagnie. » Quand j'entends Père dire cela, j'en suis bouleversé pendant des jours. Un jour, il a planté quelques fleurs rouges dans la terre au-dessus de mon corps enseveli. Il a dit à Mère : c'est comme si le petit Huitième avait des cheveux.

Quand l'hiver sinistre s'installe, Père s'enferme dans le mutisme et boit son alcool en solitaire. La porte et la fenêtre claquent à grands bruits sous la poussée du vent du nord. Soudain, le train siffle, et dans la secousse qui suit, toute la cabane semble vouloir se disloquer. De ses yeux chassieux, Mère fixe Père avec attention. Depuis sa retraite, il ne l'a plus jamais battue, Mère en est devenue sénile d'un seul coup. Père et Mère n'ont plus rien à se dire, ils vivent dans le silence. Le langage est devenu une chose superflue.

Septième Frère est celui qui revient le plus souvent à la maison. Septième Frère n'a pas encore fondé un foyer. C'est toujours le samedi qu'il revient. Ce jour-là, d'autres frères y traînent parfois femme et enfants pour une visite. Père ne montre pas le moindre intérêt pour la génération bigarrée et pomponnée de ses petits-enfants potelés. Père dit : si vous élevez les enfants comme ça, un jour ou l'autre ils vont tous devenir des porcs. Toutes ses brus haïssent Père jusqu'à l'os pour ces paroles. Père dit qu'elles pensent comme des pieds. Regardez notre petit Septième, n'est-il pas le produit de l'éducation aux poings de son vieux ? Pour devenir un personnage, faut passer à travers des jours qui n'ont rien à voir avec une vie d'homme !

Chaque fois que Père parle ainsi, Septième Frère en a le cœur cisaillé et tordu. Septième

Frère n'a pas envie de se justifier de quoi que ce soit devant Père. Il considère qu'il ne lui doit pas plus qu'un jeune animal à son géniteur. C'est Père qui lui a donné la vie. Et la vie, comparée à tout le reste, est évidemment ce qu'il y a de plus important. Septième Frère part toujours le dimanche matin très tôt ; cette famille lui répugne. Il n'a pas envie de regarder Père picoler, engueuler son monde et lancer dans un râle un gros crachat vert et épais au milieu de la pièce. Il a horreur de voir Mère, maigre comme une allumette, jouer à la jolie gazelle dès qu'elle voit un homme et raconter à haute voix comment le beau-père de telle famille a séduit sa bru et comment la belle-mère de telle famille a séduit son gendre. Il y a toujours de l'humidité à l'intérieur de la cabane, et cet air humide le fait frissonner malgré lui.

Quand, tôt le dimanche matin, Septième Frère quitte la maison, il a souvent une canne à pêche à la main. Les connaissances qu'il croise lui disent en passant : « Tu as la belle vie ! » Septième Frère se contente de sourire. En prenant la ruelle de Henan Pengzi et en remontant la rue, il affiche toujours une allure noble et prospère qui met bien en évidence qu'il n'est pas du quartier. Cette rue a connu des changements aussi considérables que les variations du bleu de la mer, si bien que personne aujourd'hui ne peut imaginer que le petit Septième qui rôdait dans ce quartier et ramassait des ordures il y a une dizaine d'années, c'est lui.

En apparence, Septième Frère a l'air très serein. Sa petite bouche pincée lui donne un genre très sûr de lui. Pourtant, ses yeux laissent entrevoir plein d'hostilité. Si tu le fixes attentivement pendant trois minutes, tu découvriras que les deux prunelles de ses yeux sont comme des bombes prêtes à exploser à tout moment. En fait, il vit dans la perspective de cette explosion.

Septième Frère avait cinq ans à l'époque où il a commencé à ramasser des ordures. C'était le jour où les jumeaux Cinquième Frère et Sixième Frère avaient dû être conduits à l'hôpital pour cause de dysenterie aiguë après avoir mangé des pommes pourries volées à l'étalage. Septième Frère avait proposé de se lancer dans cette nouvelle activité. Père avait bondi comme la foudre. Même trois mois de salaire seraient loin d'être suffisants pour couvrir les frais d'hôpital, disait-il. Accroupi sur le seuil de la porte, Septième Frère regardait Père cracher et rouspéter. Comme il sentait des picotements dans sa gorge, il s'est mis à tousser. En l'entendant, Père s'est avancé d'un pas et, d'un coup de pied, il l'a renversé. Il a dit : dehors ! si tu tousses encore, je t'étrangle. Septième Frère a répondu : je tousse pas, je veux juste te dire que je pars ramasser des ordures. Père a dit : ça fait longtemps que t'aurais dû y aller. Ça fait cinq ans que le vieux te nourrit pour rien, t'es moins utile qu'un chien !

Qu'à cinq ans, il ait eu de lui-même le courage d'arpenter les ruelles et les recoins de Henan Pengzi pour y ramasser des ordures, cela étonne aujourd'hui Septième Frère. Aujourd'hui, à cinq ans, les enfants de sa sœur aînée Grand Parfum s'accrochent encore aux tétons de leur mère et ceux de son autre sœur aînée Petit Parfum ne savent toujours pas s'accroupir seuls pour faire pipi. Septième Frère se souvient que la première chose qu'il a ramassée était un mouchoir de poche aux coins usés. Sur le mouchoir, il y avait quelque chose de collant, Septième Frère l'a léché un coup, c'était sucré. Il l'a léché encore plusieurs coups, jusqu'à ce que le mouchoir devienne tout mouillé. Septième Frère est convaincu que, même le jour de sa mort, il n'oubliera pas avec quelle ferveur il a léché ce mouchoir, accroupi au pied du mur. Septième Frère parlait peu dans ce temps-là. Quand des adultes s'adressaient à lui en désignant son petit panier, il ne leur prêtait pas attention. Tous les jours, il chargeait son petit panier jusqu'à ne plus pouvoir le porter. Les ordures qu'il ramassait, il les empilait toutes sous la fenêtre. Là, parce que son petit frère y était enterré, il y avait un bout de terrain libre. Septième Frère avait déjà vu ce petit frère, il avait vu Père embrasser son petit visage, lui aussi avait caressé son petit visage à ce moment-là ; il ne se rappelait pas que Père l'ait déjà embrassé à cet endroit. Septième Frère enviait au plus haut point Petit Frère de pouvoir rester paisiblement allongé là-dessous pour toujours. Il avait vu Père mettre Petit Frère dans une boîte et l'enterrer. Il aurait aimé convaincre Père de lui donner une boîte à lui aussi et de le laisser dormir éternellement à l'intérieur sans plus avoir à bouger. Mais il n'avait jamais osé lui demander.

Septième Frère avait souvent faim, très faim. Quand il voyait des gens en train de manger, il n'arrivait pas à contrôler la bave qui coulait sur son menton. A la longue, deux traînées blanches s'étaient formées sur son menton. Un jour, Septième Frère a traversé la passerelle et a marché jusqu'à la gare. Plus loin encore, il est entré dans un magasin pour enfants. A l'intérieur, il y avait plein de beaux enfants comme on en voit sur les peintures. On leur achetait des vêtements et des chaussures de cuir. Septième Frère n'avait aucune envie de vêtements ou de chaussures. Il regardait une fillette habillée de rose manger un biscuit croustillant aux amandes. Elle croquait en faisant toujours le même bruit. Il s'est approché d'elle. Il a senti le parfum du biscuit, et ce parfum a fait se tordre de concert son estomac et ses intestins. Il a tendu le bras et a attrapé le biscuit. La fillette a ouvert la main et a crié « M'man ! », le biscuit aux amandes s'est retrouvé dans la main de Septième Frère. La mère de la fillette a fait de gros yeux et a dit « Petit mendiant ! » en entraînant sa fille. Septième Frère n'arrivait pas à croire que ce morceau de gâteau lui revenait en entier. Tremblant de tous ses membres, il en a pris une bouchée, personne n'est intervenu, ce biscuit était donc vraiment à lui. Comme s'il était devenu fou, il l'a avalé d'un trait. Il n'avait jamais connu de plus grand moment de bonheur. Ce délice, obtenu comme ça, en un clin d'œil, lui a donné envie de rentrer à la maison au galop et de tout raconter à sa famille. Par la suite, Septième Frère est souvent retourné au magasin pour enfants. Tout ce qu'il prenait de la main des petits enfants finissait par lui revenir. Il a mangé plein de choses dont il n'arrivait pas même à imaginer le nom. Le magasin des enfants a donné à Septième Frère les plus lumineuses années de son enfance.

A sept ans, Septième Frère est entré à l'école. Père n'était absolument pas d'accord. Père ne sait pas lire. Pourtant, il estime qu'il vit à son aise et content. Il disait : dans le monde, il doit toujours y en avoir qui savent pas lire. Sinon, qui va faire les durs travaux ? C'est contre Deuxième Frère que Père faisait cette remarque. A la fin du collège, Deuxième Frère avait insisté pour continuer au lycée ; depuis, il ne voulait plus aller aider Père à tirer les charrettes. Deuxième Frère disait : avoir terminé le collège, et retourner charrier des paquets, c'est gaspiller à cent pour cent ses capacités. Deuxième Frère s'était disputé avec Père trois nuits d'affilée, Troisième Frère était venu à son secours et, fulminant de colère, Père avait finalement cédé. C'est quelque chose d'extrêmement rare dans la digne histoire de Père. Père disait : comment le gouvernement peut-il être aussi étourdi ? Si tout le monde s'instruit, qui voudra encore être docker ? En toute bonne conscience, disons-le, Père faisait preuve d'une assez grande sagesse. Car en effet, tant qu'il y aura du travail au port, il devra bien y avoir des dockers pour le faire. Et si ceux qui étudient n'acceptent plus de le faire, n'est-ce pas une bonne raison pour en empêcher quelques-uns d'étudier et les garder spécialement en réserve pour les travaux du port ? Père ne pouvait pas savoir que la science pourrait un jour se développer au point de fabriquer des robots métalliques qui remplaceraient l'homme.

Finalement, les exigences du gouvernement ont obligé Septième Frère à aller à l'école. Mais Septième Frère n'aimait pas l'école. Le premier jour, dès qu'il est entré en classe, vêtu de haillons, il a entendu des rumeurs demandant d'où pouvait sortir ce chien sale. Par la suite, toute la classe l'a appelé chien sale. Le dégoût de Septième Frère pour l'école et ses camarades de classe a commencé dès le premier jour.

Puis, Septième Frère a cessé de ramasser des ordures. Mère disait que les ordures ne rapportaient pas d'argent, qu'il valait mieux aller aux marais et ramasser quelques légumes. Septième Frère s'est donc mis à ramasser des légumes. Tous les après-midi, il séchait l'école. Dès qu'il avait terminé son repas, il prenait un panier et se dirigeait vers la lisière de la ville. Avant d'arriver dans la zone des marais, il devait d'abord se rendre jusqu'à la rue Huangpu, puis, à la hauteur de Huangjiadun, traverser Liujiamiao. Ici, la terre régnait, les hommes étaient rares, c'étaient les potagers des paysans. Parfois il pouvait déjà ramasser du feuillage de qualité aux abords de

Liujiamiao. L'été, Septième Frère devait aussi prendre une fourche avec lui. Père disait qu'il devait lui rapporter une brochette de grenouilles tous les jours pour accompagner son alcool. Septième Frère aimait embrocher les grenouilles. Quand il sautillait ici et là au bord du cours d'eau et embrochait une grenouille d'un geste vif et précis, il était si heureux qu'il éclatait de rire. Pourtant, à la maison, Septième Frère ne riait jamais. Tous ceux qui le connaissaient disaient que cet enfant était né sans les muscles du rire.

Un jour, Septième Frère a marché jusqu'aux abords de Liujiamiao. Il a regardé les paysans assis sur de petits tabourets, occupés à éclaircir les jeunes plants de choux blancs. Septième Frère s'est assis calmement derrière une « tante » dans la quarantaine. La tante éclaircissait les plants et rangeait les plantules dans son panier, il lui en glissait toujours quelques brins des mains. Ceux-là appartenaient alors à Septième Frère. Comme son panier était à moitié rempli, une fillette est venue s'installer derrière la tante. Septième Frère lui a jeté un coup d'œil méprisant. Sa main était plus leste que celle de Septième Frère, elle était toujours la première à ramasser ce qui glissait et à le mettre dans son panier. Septième Frère en était même arrivé à avoir envie de lui trancher la main. Juste à ce moment-là, la tante s'est retournée. Elle a demandé : pourquoi vous donnez-vous tant de mal pour quelques plantules ? La fillette a dit que si elle ne ramassait pas de petits légumes, elle n'aurait rien à manger. Septième Frère a dit : moi aussi ! La tante a dit : mais vous n'êtes pas fatigués ? La fillette a dit : j'aime mieux supporter la fatigue que les coups ! Septième Frère a dit : moi aussi ! En soupirant, la tante a arraché plusieurs bons plants et les a donnés à Septième Frère et à la fillette. Elle a rempli leur panier à ras bord. La fillette était si contente qu'elle n'arrêtait pas de rire. Septième Frère ne riait pas, mais il était aussi vraiment très content.

Ensuite, Septième Frère avait fait connaissance avec la fillette, elle s'appelait Quota. Quota disait qu'elle habitait Sanyanqiao. Elle était la cinquième de la famille. A sa naissance, son père, fou de rage, avait engueulé sa mère en voyant que c'était une fille : « T'as pas ton quota ? » Sa mère affolée avait répondu en toute hâte : « Quota, quota. » A la fin de leur engueulade, ils ont décidé de l'appeler Quota. Malgré l'arrivée de Quota, son père n'a tout de même pas permis à sa mère d'arrêter la production. A Quota, se sont donc ajoutées deux autres jeunes sœurs. Quota disait que sa mère était encore enceinte et toute la famille prédisait que cette fois ce serait un garçon. Il y avait déjà sept belles Immortelles dans sa famille. Comme dans la légende des huit Immortels traversant la mer, il leur fallait une personne de l'autre sexe.

Il arrivait souvent à Septième Frère de tomber sur Quota par hasard, alors ils faisaient la route ensemble ; par la suite ils se donnaient toujours rendez-vous au même endroit près de la voie ferrée. La petite bouche de Quota était aussi menue que celle d'un oisillon, Septième Frère l'a toujours soupçonnée d'être la réincarnation d'un oiseau. Quota babillait à n'en plus finir, Septième Frère l'écoutait tranquillement. Au tout début, cela l'impatientait un peu, plus tard, il s'y était habitué, et plus tard encore, il prenait plaisir à l'écouter parler. Septième Frère se disait que si Sœur aînée Petit Parfum pouvait être comme Quota, comme ce serait merveilleux ! Elles étaient du même âge, plus vieilles que lui de deux ans. Mais Petit Parfum ne lui avait jamais manifesté d'intérêt. En fait, les rares fois où elle avait une pensée pour lui, Septième Frère pouvait être sûr que son heure de malchance venait de sonner. Un soir, par exemple, Père picolait et était très joyeux, Sœur aînée Petit Parfum s'était approchée de lui en hâte et lui avait dit : quand Septième Frère rencontre Bai Liquan, il pleure et l'appelle papa, et en plus, il va chercher un bonbon dans sa main. A ces mots, Père est entré dans une vive colère, il a posé son verre d'alcool avec rage et hurlé à Septième Frère : « Viens voir ton vieux ! » Septième Frère était effrayé au point de ne pouvoir se lever. Il a rampé comme un chien aux pieds de Père. Du pied, Père a soulevé le menton de Septième Frère et l'a injurié : « Espèce de bâtard ! » Puis il l'a renversé d'un coup de pied. Il a obligé Cinquième Frère à relever Septième

Frère, à le pousser contre le mur et à le faire se tenir debout face au mur. Ensuite, il a chargé Sixième Frère d'enlever le pantalon de Septième Frère et de lui donner cinquante coups avec la tige de bambou. Cinquième Frère et Sixième Frère ont fait tout ça avec allégresse. Ce n'est que dans les moments où Père les aimait bien qu'il leur permettait de faire ce genre de travail. Pendant tout ce temps, Petit Parfum était assise au bord du lit et se faisait vernir les ongles au mercurochrome par Grand Parfum. Elles riaient toutes les deux d'un rire perçant. Sous le poids de ses douleurs, Septième Frère écoutait leurs rires qui revenaient comme un refrain. Père était de nouveau assis à picoler. Ses lèvres tremblaient violemment. Et Mère, tête baissée depuis le début, se coupait les ongles d'orteil et les cals sur la plante des pieds. Elle aimait bien regarder les gens corriger leurs chiens. Comme Septième Frère n'était pas un chien, elle n'a même pas relevé la tête. Le train passait en trombe près de la porte. De brefs éclairs lumineux se succédaient en cadence. Le bruit que faisait la tige de bambou se superposait à eux. L'ensemble de ce tableau est devenu une scène inoubliable dans l'esprit de Septième Frère.

On ne sait pas d'où arrive la ligne de chemin de fer, ni où elle va. Et où est Quota aujourd'hui ? Peut-être bien que son esprit flotte encore aux alentours. Qui sait, c'est peut-être lui qui incite Septième Frère à revenir sans cesse par ici, sans jamais pouvoir s'en empêcher.

Une chose est certaine : ces jours-là ont été les plus beaux, les plus magnifiques de la vie de Septième Frère. Ils ont été comme de splendides petits points de lumière, scintillant doucement au creux des innombrables jours de profonde noirceur.

4

Les jours où Grand Frère était à la maison, Septième Frère le fixait longuement, fasciné. Grand Frère ne le battait pas, Grand Frère n'inventait pas de mensonges qui forçaient les poings et les pieds de Père à s'abattre sur lui jusqu'à en perdre haleine. Grand Frère n'utilisait pas de mots sarcastiques pour le maudire. Il ne le prenait pas pour un idiot, pour un jouet, pour un chien galeux increvable. Quand il était petit, Septième Frère pensait que Grand Frère était son père, plus tard, il a compris qu'il n'était que son grand frère. Grand Frère et Père sont deux choses complètement différentes.

Devant l'arrogance démesurée qu'affiche Septième Frère aujourd'hui, le dégoût soulève le cœur de Grand Frère. Le temps, c'est tout simplement un magicien ! Un jour, contre toute attente, le septième frère qui dormait depuis des années sous le lit de Père et Mère s'est dépouillé de sa misérable coquille et s'est mis à gesticuler au centre de la pièce comme un chien qui voudrait se donner des allures d'homme. Depuis ce jour, si Septième Frère entreprend d'étaler sa sagesse sur un ton narquois quand Grand Frère est à la maison, Grand Frère explose invariablement : « Petit Septième, t'ouvres la bouche et j'te coupe la langue ! »

C'est dommage qu'à l'époque Grand Frère ait été si rarement à la maison, très rarement. D'aussi loin que Septième Frère se souvienne, il n'a jamais dormi à la maison. Avec le temps, les frères grandissaient et le lit de fortune déjà exigu ne pouvait plus les contenir tous. Père a simplement poussé du pied Septième Frère sous le lit et Grand Frère, lui, s'est mis à travailler de nuit pendant des semaines, des mois, des années.

Quand les étoiles commençaient à luire, Grand Frère poussait la porte et sortait. Il avait une gamelle à la main. A l'intérieur, il y avait une demi-livre de riz et un peu de légumes salés. Quand il revenait à la maison à l'aube, Père et Mère partaient tous les deux au travail, il se laissait tomber sur le lit et sombrait dans un sommeil profond jusqu'à ce que le soleil disparaisse derrière la montagne. A son réveil, il prenait le repas du soir avec la famille. Quand les étoiles recommençaient à luire et Père à bâiller, la bouche grande ouverte, il poussait à nouveau la porte et sortait, sa gamelle à la main. Jour après jour. Année après année.

Grand Frère n'avait pas terminé sa quatrième année d'école quand il est entré à l'usine. Il avait redoublé deux fois. Après avoir été pendant une année dans la même classe que Deuxième Frère, il avait ensuite été dans la même classe que

Troisième Frère. Il était de quatre ans plus vieux que lui et le dépassait de presque une tête. Les autres élèves étaient tous aussi fluets que Troisième Frère. Ils appelaient Grand Frère « Oncle Liu ». Au début, cela lui faisait plaisir, puis Troisième Frère lui avait dit que c'était une façon de l'insulter pour avoir redoublé que de l'appeler Oncle. Par la suite, quand il entendait quelqu'un l'appeler ainsi, Grand Frère prenait une face de tigre. Dans les bagarres, il se montrait d'un courage exceptionnel, ses coups étaient violents et rapides : au comble de l'excitation, il aurait pu brandir un couteau et tuer quelqu'un. C'était cet aspect de lui que Père appréciait le plus. Tous ses camarades de classe le craignaient comme un tigre. En réalité, Grand Frère frappait très rarement ses camarades de classe. Ils étaient trop faibles. Lever la main sur « ces petits navets » n'aurait, au dire de Grand Frère, pas été convenable. Grand Frère disait qu'il n'était pas comme Père. Qu'il ne battait pas les plus faibles que lui. Par contre, battre sa propre femme et ses propres enfants était pour Père aussi fréquent et excitant que picoler.

Puis Grand Frère avait été renvoyé de l'école. Ce jour-là, il était en cours de sport. Le prof, un type dans le style bon chic bon genre, avait demandé à Grand Frère de transporter les obstacles de saut et la paillasse. La paillasse, c'était pour les culbutes des filles. Grand Frère a répondu qu'il ne la transporterait pas. Le prof de gym a dit : si Oncle Liu ne la transporte pas, qui d'autre va le faire ? Grand Frère s'est avancé, a levé le bras et frappé le prof d'un coup de coude. A peine quelques secondes plus tard, du nez pétri comme pâte du professeur s'écoulaient deux filets de sang. Tous les élèves étaient sidérés ; parmi les filles, certaines pleurnichaient comme des oisillons. Grand Frère les a balayés du regard et a quitté les lieux, la tête haute. Au début, l'école n'avait pas l'intention de renvoyer Grand Frère. Car tous les élèves affirmaient que c'était d'abord le professeur qui avait insulté Grand Frère, et qu'ensuite seulement Grand Frère avait levé le coude. Le même soir, le visage sombre, le professeur a suivi le conseiller pédagogique jusqu'à Henan Pengzi. Devant la porte, Père leur bloquait l'entrée. Le conseiller pédagogique a dit que le professeur venait faire ses excuses à Grand Frère et qu'il espérait que Grand Frère ferait de même. Le regard furieux, Père a d'abord injurié leurs ancêtres avec de gros mots sales, puis il a dit : « T'es ben chanceux d'être tombé entre les mains de mon fils, c'est un bon à rien comparé au vieux quand il était petit. Moi, ça serait pas juste le nez que j't'aurais amoché, t'aurais plus une dent dans la bouche ! » A la fin de sa phrase, il a éclaté d'un rire retentissant comme une grosse cloche. Le conseiller pédagogique et le prof de gym se sont mis à trembler à l'unisson. Puis ils ont reculé de quelques pas. L'air plutôt désorienté, ils ont regardé Père et se sont éloignés, encore chancelants.

Depuis cet épisode, Grand Frère n'est jamais retourné à l'école. C'était en fait ce qu'il espérait depuis le premier jour où il avait pris le sac d'école. Il venait juste d'avoir quinze ans. Père l'a fait entrer comme apprenti à la fonderie. Grand Frère est devenu forgeron. Père disait qu'en plus d'être payant, ce travail gardait en forme. En effet, les bras de Grand Frère ont très vite pris de l'ampleur et tout son corps s'est mis à resplendir d'un noir étincelant. A vingt ans, il était déjà aussi robuste que Père. Sur son menton pointait un duvet de barbe. Grand Frère utilisait parfois cette misérable petite barbe pour égratigner le visage de Septième Frère. Septième Frère attendait avec impatience que la barbe de Grand Frère devienne très longue. Il se disait souvent : si elle devient très longue, peut-être qu'il la nouera en tresse comme les cheveux de Petit Parfum ?

A l'âge de vingt ans, le caractère de Grand Frère est devenu colérique. A l'heure du souper, il s'enflammait pour un rien. En rentrant à la maison, il ouvrait toujours la porte d'un fracassant coup de pied. Il se disputait tout le temps avec Père et Mère. Leurs querelles basculaient ciel et terre sens dessus dessous. A chaque fois, Septième Frère rampait sous le lit et n'osait plus bouger. Il ne comprenait pas pourquoi Grand Frère se conduisait ainsi. Puis un jour, Grand Frère et Père ont eu une querelle atroce. Après ça, la maisonnée est devenue beaucoup plus calme.

A vrai dire, le voisin Bai Liquan était le véritable responsable de la querelle de Grand Frère et de Père. C'était à l'époque où Grand Frère revenait dormir à la maison de jour. Et les repas de midi, c'était Mère qui revenait de son travail au service d'emballage pour les préparer. Cinquième Frère et Sixième Frère avaient commencé l'école depuis peu et Septième Frère s'occupait toujours du ramassage d'ordures.

L'habileté de Mère à l'emballage était recherchée au plus haut point. Elle avait des lèvres de miel et une langue de velours. Cela faisait son petit effet sur les chefs du service d'emballage qui finissaient toujours par l'autoriser à rentrer à la maison une demi-heure plus tôt pour préparer le repas. Pour laver les légumes, Mère devait se rendre au point d'eau communautaire. Là-bas, elle tombait très souvent sur Bai Liquan. Il travaillait à l'aciérie de Wuhan. Son horaire de travail en rotation donnait l'impression qu'il était toujours à la maison. Mère a un petit côté lascif quand elle parle aux hommes. Quand elle roule des hanches, ses fesses se balancent comme une poule sur le point de pondre un œuf. Son regard est unique. La lumière qui en émane pourrait ensorceler tous les hommes du monde et leur faire perdre la tête. Devant Bai Liquan, Mère n'avait aucun scrupule. Bai Liquan tenait bien sûr la beauté et la délicatesse de sa femme comme un trésor très précieux remis entre ses mains. Mais la perle précieuse n'arrivait pas à donner naissance à un enfant, alors que Mère en avait mis neuf au monde. Ce qui incitait souvent Mère à se moquer de Bai Liquan et à rire de lui jusqu'à ce qu'il ne trouve plus d'issue pour s'en sortir. Dans ce cas, il levait la tête vers Mère et lui faisait la cour. Un jour, après avoir lavé les légumes, tous deux retournaient à la maison en riant aux éclats. Bai Liquan, tout en riant, serrait de près Mère. Les doigts longs et minces de Bai Liquan, par rapport aux doigts courts et épais de Père, faisaient un effet tout à fait différent. Mère s'est penchée pour couper les légumes, ses seins pendaient comme deux poches de coton. Debout derrière elle, Bai Liquan l'a enlacée de ses deux mains ; et de ses doigts longs et minces, il a entrepris de pétrir les deux poches de coton. Mère n'a pas réagi à son geste. A peine avait-elle à la bouche quelques mauvaises insultes du genre chat gourmand, chien gourmand, cochon gourmand. Malgré les insultes, les doigts de Bai Liquan poursuivaient leur exercice avec autant d'adresse et de rapidité. Ses mains devenaient de plus en plus vives, l'étendue du mouvement de plus en plus large. Ne pouvant contrôler son excitation, Mère riait à gorge déployée. Juste à ce moment-là, Grand Frère, qui dormait à l'intérieur, s'est réveillé. Il n'a pas émis un son, juste un long bâillement.

Mère a dit : « Vaurien ! T'es pas encore debout à cette heure ? » Grand Frère a dit : « Le vaurien, c'est toi qui l'as mis au monde ! Ça veut dire qu'on est toute une famille de vauriens ! » Bai Liquan a dit : « Holà ! Le plus vieux dort le jour comme ça ? L'après-midi, Cinquième, Sixième et Septième Frère font pas un boucan du tonnerre ? » Grand Frère a dit : « Quand on est né avec des parents qu'ont juste ce bout de terrain à offrir, y a une solution ? » Bai Liquan a aussitôt répliqué : « Si t'es pas bégueule, tu peux dormir chez nous le jour, si tu veux. On travaille tous les deux en même temps, si t'es là, tu pourras surveiller un peu. J'ai une radio à cinq lampes, ça m'inquiète en diable ! » Grand Frère a dit : « Ouais, c'est une bonne idée. » Mère a dit : « Oh ! Un gros merci, Oncle Bai. »

Bai Liquan était un homme de parole. Par la suite, Grand Frère allait donc dormir chez lui durant le jour. Au début, les journées s'écoulaient dans le calme le plus plat. Puis, le 8 mars, la bonne femme de Bai Liquan, Sœur aînée Zhi, est restée à la maison pour la demi-journée de congé de la Journée de la femme. C'est alors que les jours ont été ébranlés par d'inhabituels pics escarpés. Pendant sa demi-journée de repos, Sœur aînée Zhi a voulu faire un peu de rangement dans la maison, Grand Frère s'est proposé de l'aider. Après s'être démené un bon coup, le dos trempé de sueur, il a enlevé sa veste. Il a dévoilé ses épaules basanées et ses muscles saillants sous sa peau foncée. Les rayons de soleil s'infiltraient de biais par la fenêtre et tombaient sur ses épaules luisantes. Par mégarde, Grand Frère a heurté Sœur aînée Zhi à plusieurs reprises, et le cœur de celle-ci en a tressailli. En soutenant le lit, le doigt de Sœur aînée Zhi s'est coincé sous le meuble, elle a poussé des petits cris perçants de douleur et des larmes ont subitement inondé ses yeux. Grand Frère s'est approché d'elle, a saisi sa main et a mis son doigt dans sa bouche. De sa douce langue charnue, il a léché de-ci de-là le doigt de Sœur aînée Zhi. Il a dit que c'était une formule secrète transmise depuis des générations pour contrôler la douleur. Sœur aînée Zhi l'a cru sans hésitation. Par la suite, elle s'est souvent coincé la main, et chaque fois elle voulait que Grand Frère utilise la recette secrète transmise depuis des générations.

Sœur aînée Zhi, dans la trentaine avancée, avait neuf ans de plus que Grand Frère. Mais comme elle n'avait jamais eu d'enfant, elle avait toujours le joli minois printanier d'une jeune demoiselle. Ses prunelles noires brillaient, ses sourcils étaient comme de nouvelles lunes. On n'avait qu'à la regarder à la dérobée pour percevoir la délicate fraîcheur de sa charmante timidité. Sur la jeunesse en éveil de Grand Frère, cela avait un effet magnétique comme l'aimant sur le fer.

A partir de ce jour-là, Sœur aînée Zhi n'est plus allée travailler qu'une demi-journée par jour. Si elle ne prenait pas un congé de maladie, elle s'arrangeait pour travailler un jour férié et faire déplacer ce congé dans la semaine. La première à s'apercevoir de quelque chose a été Mère. Mère n'est pas lettrée, mais son intuition est aussi fine que celle des femmes les plus remarquables. Elle a dit à Grand Frère : « Gare à cette vieille renarde ! Elle veut te séduire ! » Grand Frère a dit : « Comme ça, on pourra pas dire que c'est moi qui l'ai séduite. » Mère a dit : « Fils de canaille, t'es comme ton père. » Grand Frère a dit : « Dans ce cas, elle, elle est comme toi. » Mère a dit : « Comment, comme moi ? » Grand Frère a dit : « A la vue d'un homme, elle se consume. Elle brûle d'envie de mordre à l'hameçon. » Mère a dit : « Attention à toi, son mari est peut-être maigre comme une allumette, mais c'est pas quelqu'un qui se laisse faire si facilement. » Grand Frère a dit : « L'est quand même pas pire que Père ? » Mère a dit : « Qu'est-ce que t'as vu l'autre jour ? » Grand Frère a dit : « J'ai tout vu. Les femmes, ça vaut rien. » En se renversant en arrière, Mère a éclaté d'un rire limpide : « Bon, petit gars, t'as de l'avenir ! Ta vieille mère lui a pourtant pas laissé profiter de grand-chose. Tu vas devoir être un peu plus futé que Bai Liquan pour réussir. » Grand Frère a ri à son tour : « Ça, c'est assuré. Mon fils est probablement déjà dans son ventre. » Surprise, Mère a demandé en riant : « Vraiment ? »

Tous les voisins étaient au courant des histoires de Grand Frère et de la femme de Bai Liquan. C'est Mère qui racontait tout. Chaque fois qu'elle croisait quelqu'un, il fallait qu'elle se vante : t'as vu la femme de Bai Liquan se dandiner comme une démone, eh ben, dans les bras de mon Grand, elle est plus douce qu'un chat ! Père l'a appris beaucoup plus tard, il a simplement dit qu'il n'aurait pas cru que Grand Frère était déjà à l'âge de voler la pêche des autres.

Bai Liquan a été le dernier à en entendre parler. Comme il n'osait pas donner libre cours à sa colère devant Sœur aînée Zhi, il est venu s'engueuler avec Grand Frère, face à face. Grand Frère a dit : « Tu m'engueules encore un coup et je dis à Zhi de divorcer, c'est moi qu'elle écoute maintenant. » Bai Liquan a dit : « Si je divorce, tu la voudrais ? » Grand Frère a dit : « Sûr. » Bai Liquan a dit : « Bon, ben, la maison, c'est à moi, j'la garde. Marie-la, fais-la vivre dans votre soue à cochons. Avec ton père et tes frères. Donne la chance à toute ta famille de l'examiner au grand complet, de la racine des cheveux jusqu'aux petons. Donne-leur la chance d'observer à loisir comment vous passez vos nuits tous les deux. » Les paroles de Bai Liquan tombaient comme des pierres sur la poitrine de Grand Frère. Il est devenu livide tout d'un coup. Ses larmes évitaient de justesse de couler. Son air de pauvre couillon, non seulement Bai Liquan en était le témoin, mais Père, qui revenait à l'instant du travail, et les spectateurs attirés par le brouhaha n'en perdaient pas une miette. Bai Liquan riait sournoisement. Des paroles venimeuses continuaient de se déverser de sa bouche. Grand Frère, lui, gardait le silence. Père a balancé une baffe à Grand Frère en gueulant qu'il était un bon à rien, pire même qu'un vulgaire insecte. Puis il a dit : « La femme de Bai Liquan qui fait de l'œil à un minable comme toi et une pute qui racole un client, eh ben, c'est du pareil au même ! » A ces mots, Grand Frère s'est rué sur lui comme un tigre enragé en l'injuriant : des pères aussi imbéciles et pitoyables que lui, y en avait même pas une dizaine sur terre. Lui, il s'était bien débrouillé, mais ses enfants étaient toujours aussi mal nourris et mal vêtus, et vivaient comme des chiens ou des cochons entassés dans une misérable cabane de treize mètres carrés. Et il avait encore le culot de se délecter tranquillement de la vie devant ses fils et ses filles !

Cette bagarre soulevait de la poussière de partout. Tous les spectateurs en étaient couverts. Le visage de Père bleuissait et gonflait sous les poings de Grand Frère, les incisives de Grand Frère tombaient sous les coups de Père, qui lui a même donné un grand coup de couteau au bras ; quatorze points de suture, il a fallu.

Le lendemain, Bai Liquan n'est pas allé travailler. A midi, il est venu voir Grand Frère à la maison, tout heureux de lui annoncer que le matin même, ils étaient allés à l'hôpital. En un rien de temps, on avait retiré le fœtus qu'elle avait dans le ventre. Bai Liquan disait qu'il espérait, bien sûr, avoir un enfant, mais qu'il ne pouvait quand même pas élever un bâtard ! Les yeux exorbités de rage, Grand Frère a hurlé : « Fiche le camp ! »

Suite à cela, Grand Frère n'a plus jamais prêté attention à Sœur aînée Zhi. Chaque fois qu'ils se croisaient dans la rue, elle le regardait avec désespoir, mais Grand Frère serrait les poings sur sa poitrine et poursuivait sa route d'un air hautain.

Le jour où Grand Frère a épousé Grande Tante, cette histoire était vieille de dix ans. Tout au long de ces dix années, Grand Frère ne s'est jamais abaissé à poser le regard sur aucune femme de ce monde, sauf sur celles de sa famille. Pourtant, Mère a souvent essayé de jouer le rôle d'entremetteuse. Grand Frère disait : « T'en fais entrer juste une dans cette maison, et j'la tue. »

Au cours de la neuvième année de cette période de dix ans, Sœur aînée Zhi s'est fait renverser par un camion, elle a eu la jambe broyée et est morte d'hémorragie. Tous ceux qui étaient là l'ont entendue appeler « Dagen ». Les gens pensaient que c'était son mari. En réalité, Dagen est le prénom de Grand Frère.

5

Septième Frère éprouvait une haine implacable pour ses sœurs, Grand Parfum et Petit Parfum. D'aussi loin qu'il pouvait se souvenir, il ne leur avait jamais adressé la parole. Il se souvenait que, tout petit, lorsqu'il faisait pipi dans sa culotte, Grand Parfum lui pinçait cruellement les fesses avec ses ongles. Pour imiter les filles des familles riches, elle gardait toujours ses ongles bien effilés. Petit Parfum était encore plus venimeuse. Quand elle était à la maison, elle interdisait tout simplement à Septième Frère de se lever pour marcher. Elle disait qu'il était la réincarnation d'un chien et qu'il devait marcher à quatre pattes. Septième Frère ravalait sa colère en silence. Il n'avait pas le courage de désobéir. A l'heure du souper, Petit Parfum désignait les genoux noirs de Septième Frère et disait à Père qu'il faisait exprès de marcher à quatre pattes comme un chien, qu'il ne voulait pas apprendre à marcher comme un humain. Elle ressemblait à Père, elle ressemblait aussi à Mère. Petit Parfum était d'un tempérament enjoué, elle avait la parole facile et aimait rire, mais son cœur était cruel et sa main impitoyable. Père l'adorait. Pour lui faire plaisir, il n'hésitait jamais à infliger un châtiment à Septième Frère. Petit Parfum avait deux ans de plus que Septième Frère. Elle était née après les jumeaux Cinquième Frère et Sixième Frère. Dans la famille au grand complet, elle venait donc, elle aussi, au septième rang. Elle faisait mille et une simagrées pour avoir ce qu'elle voulait. Elle était vraiment gâtée. Septième Frère pouvait agoniser sous les poings et les pieds de Père, elle continuait de rire hi ! hi ! en se cachant la bouche. En plus, elle s'amusait à imiter l'attitude empruntée et soumise de Septième Frère devant Grand Parfum. Petit Parfum s'est appliquée à ce genre de truc jusqu'au jour où Septième Frère est parti à la campagne pour y être rééduqué.

Suite à la fameuse querelle de Grand Frère et de Père, le seul qui était capable de donner un peu de douceur à Septième Frère à la maison, c'était Deuxième Frère. Pendant très longtemps, Septième Frère n'avait pas eu de contact avec lui. Deuxième Frère se contentait d'aller et venir aux côtés de Troisième Frère. Aux yeux de Septième Frère, Deuxième Frère existait et n'existait pas tout à la fois. Septième Frère ne se souvenait pas si Deuxième Frère lui avait déjà adressé la parole avant que se produise ce qui suit.

C'était un jour d'été. Après avoir été battu par Père, Septième Frère retournait en rampant sous le lit. Il n'y avait que dans ce trou, d'une obscurité totale, dans cet espace plein d'une humidité familière, qu'il se sentait un peu en sécurité. Ce jour-là, donc, tout son corps brûlait de douleur. Il s'est allongé là, à plat ventre, avec la volonté de ne plus bouger. Sa souffrance ainsi que la chaleur suffocante de son trou le portaient à croire qu'il allait bientôt mourir. Il est resté ainsi allongé par terre pendant toute une journée et une nuit. Il avait l'impression que les trains au-dehors lui passaient dessus. Le grondement sourd du train heurtait son crâne avec une telle violence qu'il lui semblait qu'il allait exploser. Il a envisagé de ramper pour sortir de son refuge, mais au moindre mouvement, l'intérieur de ses cuisses se cisaillait comme sous l'action d'un couteau. Septième Frère a pensé : laissez-moi mourir au plus vite ! Et dans un ah !, il a perdu connaissance.

A son réveil, Septième Frère avait l'impression d'être dans les bras de quelqu'un. Ses jambes semblaient toujours cisaillées par un couteau. En ouvrant lentement les yeux, il a aperçu un visage inconnu. Dans le vague, il entendait le bruit de gouttes d'eau. L'eau a longtemps coulé. Peu à peu Septième Frère est arrivé à identifier ce visage inconnu : c'était celui de Deuxième Frère. A l'aide d'une serviette, Deuxième Frère nettoyait son corps. Septième Frère s'est installé en douceur au creux de la poitrine de Deuxième Frère et n'a plus bougé. C'était la première fois de sa vie qu'il ressentait un sentiment sécurisant. La première fois qu'il connaissait la chaleur d'un corps humain. Le soir, au retour de Père, Deuxième Frère tenait toujours Septième Frère avec soin dans ses bras. « Qu'est-ce qui t'arrive pour te comporter comme un jeune seigneur ? » a dit Père.

Deuxième Frère a posé Septième Frère sur le lit. Il a soulevé le tissu qui recouvrait ses jambes et a dit à Père : « C'est un être vivant après tout. Tu ne devrais pas être si cruel. Ses blessures aux jambes sont en train de pourrir, des vers s'y sont mis. Si tu veux qu'il vive, tu peux plus le faire dormir sous le lit. Là-dessous c'est humide, c'est étouffant et c'est plein de toutes sortes d'insectes inimaginables. » Père a examiné Septième Frère et a dit froidement : « C'est la progéniture du vieux, t'as pas à me faire la morale. » Deuxième Frère a dit : « C'est justement parce que c'est ton fils, et donc mon petit frère, que j'te demande de veiller sur lui comme il faut. » D'une main leste, Père a donné une lourde baffe à Deuxième Frère. Il a dit : « On te laisse un peu étudier et tu te mets à nous remâcher les textes comme un finaud. Fiche le camp ! »

Deuxième Frère a jeté un regard indigné à Père et est sorti en claquant des talons. Septième Frère, lui, est tout naturellement retourné sous le lit. Il a pris sa petite couverture de coton et en a fait un coude, il s'imaginait que c'était le bras de Deuxième Frère. Il s'est étendu sur ce bras comme sur la poitrine de Deuxième Frère.

Par la suite, Deuxième Frère a pris encore plus soin de Septième Frère. Tous les jours, à l'heure des repas, il s'asseyait gentiment près de lui. D'un coup de baguettes, il attrapait des légumes pour lui. Avant cette époque, Septième Frère ne pouvait compter que sur le riz blanc pour se remplir le ventre. Pourtant, les légumes de la famille, c'était lui, en général, qui les ramassait.

Cet hiver-là, Septième Frère avait près de douze ans. Mère a dit : à cet âge-là, Cinquième Frère et Sixième Frère déterraient déjà les racines de lotus, Petit Septième lui, il se contente de ramasser des vieux légumes ! Deuxième Frère a dit : qu'est-ce que ça peut faire, on mange ce qu'on trouve, c'est tout ! Tout de suite, Petit Parfum a dit à Mère : j'veux manger des racines de lotus ! D'une voix toute sèche, Septième Frère a dit : demain j'vais aller déterrer des racines de lotus !

Le lendemain, le vent soufflait très fort, avec de grands sifflements. Comme il sortait de la maison, le vent a plié Septième Frère en deux. Il avançait ainsi penché. Dans son petit panier de bambou, il y avait un sac de jute. Tout en marchant, il cherchait à évaluer lequel des étangs de lotus était le mieux garni. Le vent mettait en feu son visage. Et l'engelure sur sa joue gauche enflait encore un peu plus. Septième Frère n'avait pourtant pas l'impression que cette journée était d'une misère particulière, il avait l'habitude de ce genre de vie. Au contraire, si un jour lui avait apporté par hasard la douceur de vivre, il aurait cru que quelque chose de tragique venait d'arriver et il n'aurait pas été tranquille.

Aux abords du chemin de fer, Septième Frère a rencontré Quota. Face au vent, Quota chantait d'une voix aiguë. Les mots de cette chanson, Septième Frère ne les oubliera jamais de sa vie: *Belle Havane, là-bas il y a ma maison; à l'intérieur le soleil lance ses ravissants rayons; devant la porte s'ouvrent des fleurs vermillon.* Quota chantait toujours cette chanson, elle répétait et répétait continuellement à Septième Frère: ah! avoir une maison neuve à La Havane, et toute pleine de fleurs aux couleurs éclatantes devant l'entrée, comme ce serait merveilleux! Tous les deux avaient un grand désir de La Havane!

Les étangs de lotus étaient déjà bien secs. Les adultes les avaient déjà méticuleusement dragués. Septième Frère a fouillé aux quatre coins pour trouver des racines de lotus, puis il a rapidement enlevé sa veste et son pantalon matelassés et, sans attendre que Quota accoure pour l'en dissuader, il est descendu dans l'étang. La boue l'a aussitôt submergé jusqu'à la poitrine. Septième Frère était trop petit. Sur son visage on pouvait lire l'épouvante. Effrayée, Quota a désespérément appelé au secours. Quelques élèves du secondaire passant par là ont sauvé Septième Frère. Puis ils l'ont amené dans une étable. Dans l'étable, il y avait un vieux borgne. Il a donné une tasse d'eau bouillante à Septième Frère. Septième Frère a été secoué des pieds à la tête par un grand frisson. Du ton autoritaire d'un adulte, Quota lui a ordonné d'enlever ses vêtements imbibés de boue. Dans son caleçon de coton, Septième Frère s'est recroquevillé près du vieux borgne, sur le foin entassé dans un coin de la pièce. Il regardait Quota se diriger vers le lac avec les vêtements sales. Dans le vent, elle ressemblait à une étrange crevette géante qui s'éloignait vers l'horizon, le dos courbé. Pour lui, Quota a enlevé la boue de ses vêtements et, devant le brasero dans l'étable, elle est venue les faire sécher. Son visage dégageait une singulière lueur rouge. Enchâssées dans cette lueur rouge, ses prunelles étaient comme deux pierres précieuses. Septième Frère la regardait, éberlué. A l'extérieur, le vent faisait craquer branches et feuilles desséchées dans un crépitement sonore. Et par moments, de longs sifflements déchiraient le ciel. Tout à coup, Septième Frère a senti ses yeux devenir humides. Il s'est dit que ce serait bon de pouvoir pleurer sans gêne. A ce moment-là, le regard de Quota est tombé par hasard sur Septième Frère, et il a aussitôt repris son air habituel. Il n'avait jamais dévoilé son cœur à personne. Il ne voulait donner à personne l'occasion de deviner ses pensées secrètes.

Le ciel était maintenant tout noir, Quota avait fini de faire sécher son pantalon. Après l'avoir revêtu, Septième Frère a dit simplement : j'me sens bien. Pourtant, au fond de son cœur, il savait bien qu'une fois de plus, il lui serait difficile d'échapper aujourd'hui à une terrible fessée. Au moment de leur départ, le vieux borgne a ramassé en soupirant deux racines de lotus, il en a donné une à Septième Frère et une à Quota.

Sur le chemin du retour, Septième Frère n'a pas dit un mot. Au moment de se séparer, Quota lui a donné sa racine de lotus en disant : notre famille n'aime pas les racines de lotus. Septième Frère l'a prise et l'a déposée dans le sac de jute sans dire un mot. Quota a dit : toi alors, pourquoi t'as toujours l'air d'avoir quelque chose sur le cœur ? Septième Frère est resté longtemps silencieux comme sous le poids d'une lourde oppression, puis il a fini par dire : je te le dirai demain.

Septième Frère venait à peine de franchir le seuil de la porte quand Petit Parfum a crié : « P'pa, m'man, le sauvage est de retour ! » Mère est accourue en trombe, a tiré fort sur l'oreille de Septième Frère et a hurlé : « Ah, quand même, tu reviens à maison ? Tu t'es bien amusé, j'espère, ton deuxième frère, lui, l'était inquiet, l'a passé sa soirée aux étangs boueux. » Septième Frère ne s'était pas encore remis de cet accueil qu'il recevait une nouvelle baffe en plein visage, c'était Père qui venait d'arriver. Père a dit : « T'es pas mort ? Qu'est-ce que tu viens faire à la maison ? Y a pourtant pas de garde-fous sur la voie ferrée. A cause de toi, sale punaise, personne arrive à dormir ici. Tu penses qu'on a tous la vie facile comme toi ? » Père l'engueulait et le battait en même temps. Septième Frère ne disait rien. Quand il se faisait battre, il ne disait jamais rien. D'habitude, il en profitait pour se demander qui il battrait en premier une fois qu'il serait devenu grand, Père ou Mère. Mais, cette fois-ci, il se remémorait sans se lasser le visage et les yeux de Quota dans la rouge lueur du feu de l'étable. Son visage dégageait une étrange expression de tranquillité, ce qui a mis Père dans une colère extrême. Petit Parfum a dit: « P'pa, regarde, y sourit encore. » Aussitôt, Père a donné un coup de pied dans les jambes de Septième Frère, qui s'est écrasé au sol avec fracas. La lueur rouge devant ses yeux a, tout à coup, embrasé un grand nuage rouge qui s'est aussitôt mis à s'élever. Tout: les hommes, les objets, les sons, tout, dans ce nuage rouge, se diffusait et finissait par se volatiliser. Septième Frère ne pouvait s'empêcher de sourire.

Les jambes de Septième Frère étaient si enflées qu'il ne pouvait plus marcher. Il ne pouvait même pas faire un seul pas. Il est resté allongé sous le lit pendant près de trois jours. Devant ses yeux, le nuage rouge continuait de flotter, de se diffuser. Pendant ces trois jours-là, Septième Frère a connu un très grand calme. Deuxième Frère l'a appelé à plusieurs reprises pour l'amener à l'hôpital. Mais il n'a pas bougé. Il a dit: c'est bon, j'me repose.

Le quatrième jour, Père a dit: mes fils sont des braves, pas question d'en avoir un de malade au lit pendant des jours. Mère s'est penchée et a appelé dessous le lit: « Hé! tu joues encore au jeune seigneur? Si tu sors pas ramasser des légumes, ben t'imagine pas pouvoir manger un seul grain de riz! »

Une fois que Père et Mère ont été partis au travail, Septième Frère a rampé et est sorti de son trou. En chancelant, il s'est dirigé vers la porte. Il a marché jusqu'à la section de la voie ferrée où il rencontrait habituellement Quota. Assis sur les rails, il a attendu Quota en pensant à tout ce qu'il voulait lui raconter.

Il a attendu très très longtemps. Quota n'est pas venue. Septième Frère a été obligé de partir seul pour ramasser des légumes.

Sur le chemin du retour, il est à nouveau passé devant l'étable. Il avait envie de revoir le vieux borgne, de retourner dans le tas de paille, de regarder éberlué la singulière lueur rouge. Quand il est entré, le vieux borgne lui a demandé, un peu étonné : « Et la demoiselle qui était avec toi ? » Septième Frère a dit : « Elle n'est pas venue. Je l'ai attendue une éternité. » Le vieil homme a dit : « Les deux derniers jours, vous êtes rentrés ensemble, tous les deux ? » Septième Frère a dit : « Les deux derniers jours, j'étais malade, j'suis pas sorti. » Le vieil homme a dit : « Avant-hier après-midi, une fillette s'est fait heurter par le train, je ne sais pas si c'était elle. » Septième Frère a aussitôt été cloué sur place ; n'importe quelle fillette au monde pouvait mourir, mais pas Quota ! Il a rassemblé toute son énergie et s'est précipité comme un fou vers la voie ferrée. Les « Quota » qu'il criait sans arrêt ressemblaient aux tristes, aux lancinants hurlements des loups affamés dans les campagnes.

Sur le lieu de l'accident, il n'y avait plus de traces de sang. Mais Septième Frère a aperçu la poignée d'un panier de bambou sur le bas-côté de la route. Sur la poignée était noué un bout de ficelle de gaze blanche. C'était Quota qui l'avait tissée. C'était il y a très longtemps. Septième Frère l'avait vue la tisser de ses propres yeux.

Quota était donc disparue pour toujours. Septième Frère en est tombé gravement malade. Il a été dans un état comateux pendant près d'une semaine. Cette maladie a consommé beaucoup de l'argent de la famille. L'argent que Père avait prévu pour que Grand Parfum et Petit Parfum s'achètent un foulard ; l'argent qu'il avait prévu pour que Cinquième Frère et Sixième Frère s'achètent une paire de sandales ; l'argent qu'il avait prévu pour acheter à Mère une paire de bas nylon, en plus de l'argent que Grand Frère économisait depuis des années dans le but de s'acheter une montre, tout a été bêtement dépensé par la maladie de Septième Frère. Tout le monde a pris un air renfrogné et s'est mis à l'ignorer. Même Grand Frère avait le visage sombre et ne disait plus rien.

Par la suite, Septième Frère reprenait tous les jours la même route que lui et Quota avaient l'habitude de prendre pour aller ramasser des légumes. Chaque jour, il s'asseyait en silence une dizaine de minutes à l'endroit où Quota était morte. Assis à cet endroit, il ouvrait son cœur à Quota et lui racontait toutes ses histoires.

Ces huit années d'histoires de ramassage de légumes ont laissé une marque très profonde sur Septième Frère, même aujourd'hui où il a vingt-huit ans. Il n'a jamais cessé de penser à Quota et de se réfugier dans une solitude, bienheureuse à lui seul. Le lendemain de son retour à Wuhan, après son diplôme universitaire, Septième Frère est retourné machinalement se promener du côté des étangs boueux. Là-bas, les changements étaient stupéfiants. Les anciens potagers étaient pratiquement tous recouverts de bâtiments de toutes les hauteurs. Il n'arrivait plus à reconnaître quelles routes menaient où. Il y a pourtant un endroit, un seul – et peu importent les changements qui pourraient y advenir –, que Septième Frère pourra toujours reconnaître du premier coup d'œil. Il aime encore s'asseoir là-bas aujourd'hui, seul. Septième Frère se dit que Quota aurait trente ans aujourd'hui. Elle aurait peut-être pu être sa femme, même si elle avait deux ans de plus que lui. Et alors, qu'est-ce que ça peut faire ? Il suffit que ce soit Quota, qu'elle ait dix ans de plus, cent ans de plus, Septième Frère s'en moque. Désormais, Quota aura toujours quatorze ans.

Tout enchevêtrés, les rails se séparent à nouveau, puis serpentent, se tordent et s'étirent au loin. Septième Frère ne sait pas d'où ils viennent ni où ils vont. Il se dit souvent que son destin est comme celui des rails.

6

Quand Septième Frère a réalisé que le seul avec qui il aurait pu avoir une conversation dans la famille était Deuxième Frère, celui-ci était déjà mort. Chaque fois que Septième Frère se remémore les causes de la mort de Deuxième Frère, un sentiment de pitié lui consume le cœur.

Quant à Père, la mort de Deuxième Frère le comble d'indignation. A chaque anniversaire de sa mort, il se met à hurler que Deuxième Frère était l'homme qui avait le moins d'avenir au monde. Un pourri qui se donnait des airs de grand sentimental. Et toujours, il va jusqu'à maudire les études qui ont engourdi le crâne de Deuxième Frère. Quand Père gueule comme ça contre Deuxième Frère, si jamais Troisième Frère est présent, un combat violent s'engage entre eux.

Les relations entre Deuxième Frère et Troisième Frère étaient si bonnes que les gens avaient peine à y croire. Troisième Frère était une brute qui, comme Père, était en manque s'il n'avait personne à battre. Quant à Deuxième Frère, il était d'un tel raffinement qu'on n'aurait pas cru qu'il était le fils de Père. Il avait un an de plus que Troisième Frère. On peut dire qu'ils ont partagé le même oreiller jusqu'à la dernière nuit qui a précédé sa mort. Deuxième Frère était d'une extrême maigreur. Son long corps n'était pas très agréable à voir. Père n'était pas vraiment content de ce tas d'os qu'était Deuxième Frère. Il disait souvent, indigné : en quoi ça me ressemble ça, hein, en quoi ? Puis, en frappant le torse de Troisième Frère, il disait : du vrai bon stock, c'est comme ça, c'est comme ça ! A cause de cela, Mère a souvent vomi sa colère sur Père. Elle adorait Deuxième Frère, plus que ses autres six fils et ses deux filles. C'est qu'il lui avait un jour sauvé la vie. A cette époque, Deuxième Frère avait à peine trois ans, il venait tout juste d'apprendre à marcher et sa démarche était encore chancelante. Un jour, tenant Deuxième Frère par la main, Mère est allée acheter du sel. Au coin de la rue, elle a rencontré quelques amis du port de Père. Se faisant taquine, elle s'est amusée à flirter avec eux. Quand les hommes et les femmes du port se rencontraient, il y avait souvent de ces gestes ahurissants. Il s'agissait d'enlever le pantalon du voisin ou de tendre la main dans la fourche de l'autre. C'était, bien sûr, d'une grande indécence, mais tout le monde sans restriction pouvait participer. Mère a donc laissé Deuxième Frère derrière elle pour aller s'ébattre follement avec eux, à côté d'un fourgon. De longues rigolades en petits ricanements, ils riaient tous à en perdre souffle. Soudain, Deuxième Frère a trottiné cahin-caha jusqu'à

Mère et, d'une voix fort étrange, a crié « M'man, j'veux faire pipi ! » C'était tout juste au début de l'hiver : si Deuxième Frère mouillait son pantalon, il n'en aurait plus de rechange. C'est pourquoi Mère s'est dépêchée de le prendre dans ses bras et de courir vers un endroit à l'abri du vent. Elle venait à peine de s'enfuir que la corde du fourgon a lâché. La carcasse du fourgon s'est effondrée et trois hommes ont été écrasés. Un de ceux-là venait de crier le surnom de Mère. Il n'a pas eu le temps de finir sa phrase que sa cervelle giclait déjà partout. Au bruit de cette gigantesque explosion derrière elle, Mère a senti son âme sur le point de la quitter. Elle a serré Deuxième Frère contre elle et éclaté en de bruyants sanglots. Juste à ce moment-là, Deuxième Frère a dit : « M'man, j'veux retourner à la maison, pas de pipi. » Plus tard, Mère s'est souvenue que Deuxième Frère avait fait pipi juste avant de partir. Normalement, il n'aurait pas dû demander à faire pipi. Et le timbre étrange de sa voix, quand Mère s'en souvient, lui fait encore dresser les cheveux sur la tête. Père disait que tout cela était, en effet, un peu bizarre.

Deuxième Frère parlait vraiment très peu. Ses yeux enfoncés dans son visage avaient quelque chose de sombre et de grave. S'il n'y avait pas eu l'arête haute et droite de son nez et la très jolie ligne de sa bouche, eh bien, ses yeux auraient rebuté les gens. Par hasard, Dieu lui avait donné ce nez et cette bouche pour compenser ces yeux.

C'est ce qui lui donnait une beauté particulière. Les voisins considéraient les jumeaux Cinquième Frère et Sixième Frère comme les plus beaux des petits gars de Henan Pengzi, mais Septième Frère et moi, on trouvait que, comparés à Deuxième Frère, ils étaient vraiment un rang en dessous. La vulgaire philosophie de vie du duo Cinquième Frère et Sixième Frère, ainsi que leurs yeux vides, enlevaient toute grâce à la jolie composition de leurs visages.

D'un simple regard, Deuxième Frère pouvait maîtriser Troisième Frère. Ce que Père, lui, n'arrivait pas à faire, même avec ses poings. Père a toujours ressenti cela comme une humiliation. Mais il était bien obligé d'en convenir. Les liens qui unissaient Deuxième Frère et Troisième Frère étaient du même alliage que l'acier. Ainsi, quand Père songeait à en frapper l'un des deux, il ne pouvait que tergiverser longuement. Voilà pourquoi Deuxième Frère et Troisième Frère se faisaient si rarement battre. Au début, Cinquième Frère et Sixième Frère étaient jaloux, puis ils sont devenus enjôleurs, avec l'espoir de passer dans leur camp. Deuxième Frère ne s'est jamais prononcé ni pour ni contre ce projet. Troisième Frère, par contre, a refusé catégoriquement. Il a dit : on peut pas laisser le petit Septième être le seul à recevoir les coups, vous devez tous les deux en prendre une part. Troisième Frère était le « Despote n° 2 » de la famille. Ce surnom, c'était Sœur aînée Grand Parfum qui le lui avait donné. Le titre de « Grand Despote » revenait à

Père, naturellement. Troisième Frère était plus âgé que Grand Parfum de deux ans. Lors d'une querelle, elle avait lâché les trois mots : « Despote n° 2 ». Troisième Frère a été tellement fier d'entendre ces mots qu'il ne s'est plus jamais chamaillé avec Grand Parfum. Il a même commencé à se comporter avec elle un peu à la manière d'un protecteur. Pendant une assez longue période, Troisième Frère a eu la réputation d'être le « gros méchant » des jeunes de Henan Pengzi. Cette renommée s'est propagée jusqu'à la rue du Terrain de jeu et jusqu'au boulevard de l'Ouest. Tous ceux qui le connaissaient s'arrangeaient pour ne pas avoir à le provoquer. Il y avait une bande de petits larbins sous le commandement de Troisième Frère. Devant monsieur et madame Tout-le-monde, ils étaient féroces comme des tigres ou des loups enragés et personne ne pouvait leur faire entendre raison, mais devant Troisième Frère, ils pliaient l'échine comme des chiens ou des cochons. Ils connaissaient tous sa force. Pendant plusieurs années, Troisième Frère avait étudié les arts martiaux auprès d'un maître qui courait le monde pour vendre sa panacée de charlatan. Ce maître avait été le frère de sang de Père dans sa jeunesse. Il avait très consciencieusement transmis son enseignement à Troisième Frère. D'un seul coup de main, Troisième Frère pouvait fendre trois briques à la fois. Tous les gars de Henan Pengzi ont pu le voir de leurs propres yeux. Quand dix gars aussi costauds que lui l'attaquaient, il était capable, sans arme, de tous les renverser face contre terre. La puissance martiale et l'impulsivité incomparable de Troisième Frère fondaient pourtant au seul regard de Deuxième Frère. Ils étaient comme une seule et même personne. Pourtant Deuxième Frère était tout à fait différent de Troisième Frère.

En fait, si un événement fortuit n'avait pas changé le destin de Deuxième Frère, ses relations avec les autres membres de la famille n'auraient probablement jamais changé. Cet événement l'a forcé à progresser sur une voie totalement différente de tous les autres membres de la famille. Il a allègrement laissé couler son sang frais, goutte à goutte, sur cette voie et s'en est allé dans la mort.

Cet événement coïncide avec l'époque de la naissance de Septième Frère. Deuxième Frère et Troisième Frère allaient tous les jours aux abords du chemin de fer, ou encore au dépôt, voler du charbon. Le charbon de la maison, c'est toujours comme ça qu'on se l'est procuré. Et les voleurs n'ont jamais cherché à savoir si cette méthode était légale ou non. La famille ayant besoin de charbon et n'ayant pas d'argent pour en acheter, en voler à l'extérieur était la chose la plus naturelle du monde. A partir de quel âge Deuxième Frère et Troisième Frère avaient commencé à faire ce travail, ils ne s'en souvenaient plus très bien. Ils se rappelaient seulement qu'au début ils ne ramassaient que des cendres de charbon. Par la suite, grâce à la réforme de

Troisième Frère, c'est devenu du vol avec des sacs de jute. En hiver, quand le charbon ronronnait en se consumant, Père prenait la parole et faisait l'éloge de l'ingéniosité et de la débrouillardise de Troisième Frère. C'était vraiment du bon stock !

Un jour, le train a ralenti au carrefour de la rue Huangpu. Troisième Frère y est monté d'une main. Deuxième Frère a eu une légère hésitation, puis y est monté à son tour. Le train avançait dans un grondement sourd. Sur le wagon, ils remplissaient de charbon un sac de jute à ras bord. Juste avant d'arriver à la charbonnière, Troisième Frère a lancé le sac au sol, puis s'est prestement jeté en bas. Deuxième Frère a eu une autre hésitation. Concentré sur la précision de son saut, il n'avait pu voir où se trouvait Troisième Frère. Une fois au sol, Deuxième Frère a longé le chemin de fer vers l'arrière. En arrivant aux abords d'un bassin d'eau, il a entendu la voix d'une jeune fille prise de panique : « Au secours ! Grand Frère, ne meurs pas ! » Deuxième Frère s'est élancé dans la direction de cette voix. Je le sais, ce sont les sursauts de panique de cette voix qui ont changé toute la vie de Deuxième Frère. Qui ont fait que sa vie, prévue pour durer jusqu'à l'âge de quatre-vingts ans, a été abruptement interrompue à trente ans. Qui ont saisi les cinquante années qu'il lui restait, les ont transformées en volutes de fumée et, devant les yeux de sa bien-aimée, les ont laissées partir à la dérive, sans un bruit sans un souffle.

Dans le bassin, la gestuelle des deux mains en plein ébat pouvait se comparer à celle d'un éminent danseur traçant des lignes dans le vide pour séduire son public. Deuxième Frère n'a même pas enlevé ses chaussures, il a sauté. Sa technique de nage était tout à fait passable. A peine une demi-heure, voire moins, séparait la passerelle de Henan Pengzi de la berge du Grand Fleuve. A midi et le soir durant l'été, Deuxième Frère, Troisième Frère et plusieurs autres jeunes allaient souvent s'amuser dans l'eau de ce côté-là. Ils nageaient jusqu'à la rive opposée et revenaient à la nage avec autant de facilité que s'ils s'essuyaient la bouche de la main après le repas. Pourtant, chaque année, un ou deux de leurs compagnons sombraient dans l'eau et devenaient les fils du Grand Fleuve. Ce genre de drame n'a toutefois jamais eu le moindre impact sur l'allégresse et l'émoi que leur procurait le plaisir d'une baignade dans le Grand Fleuve. Dans le groupe, Deuxième Frère n'était pas celui qui nageait le mieux, mais il ne nageait pas si mal non plus. A ses yeux, donc, ce bassin n'était rien de plus qu'une baignoire. A peine descendu, il s'est retrouvé aux côtés de celui qui était en pleine noyade. Ce type, dans l'urgence et la fébrilité du désespoir, a enserré le cou de Deuxième Frère. Deuxième Frère n'a eu d'autre choix que de lui donner une violente gifle, puis de nager jusqu'à la berge en lui soutenant la tête. Le ventre du type était aussi gonflé que celui d'une femme enceinte. Deuxième Frère lui a donné de petites tapes avant de s'asseoir sur lui et d'alterner des mouvements de pression et de repos. La jeune fille a crié d'une voix perçante : ne le fais pas mourir, ne le fais pas mourir ! Puis, elle s'est mise à tirer et à déchirer les vêtements de Deuxième Frère. Encore une fois, il n'a eu d'autre choix que de lui donner une baffe. En vérité, celle-là était un peu forte. Sur le visage livide de la jeune fille, cinq baffes rouges ont subitement pris forme. La jeune fille a éclaté en sanglots, fait demi-tour et s'est enfuie en courant. Son attitude a laissé Deuxième Frère interloqué pendant un bon moment.

Quand la jeune fille est revenue, deux adultes, fous d'inquiétude, suivaient derrière elle. La jeune fille a dit que c'étaient ses parents. Leur fils revenait à lui à cet instant-là. Complètement épuisé, il restait étendu au sol sans avoir la moindre envie de remuer. La première phrase qu'il a dite en voyant son père a été : « Sans lui, je serais fini ! » Puis il a tourné son regard dans la direction de Deuxième Frère. La gratitude, l'admiration, la sincérité et la chaleur de son regard ont dans l'instant même provoqué un frisson inattendu dans le cœur de Deuxième Frère. Il n'avait encore jamais vu un tel regard.

Avec son nouveau statut de bienfaiteur, Deuxième Frère est tout naturellement devenu la personne la mieux accueillie dans cette famille. Le garçon qu'il avait sauvé de la noyade était du même âge que lui, il s'appelait Yang Meng. Sa cadette de trois ans s'appelait Yang Lang. Leur père était un célèbre médecin dans un grand hôpital de la ville et leur mère enseignait le chinois dans un lycée. Par conséquent, leur maison était immaculée et d'un grand raffinement. Ils habitaient dans un immeuble rouge de la concession anglaise de la rue Tianjin. Ils avaient un appartement de sept pièces, qui occupait un étage complet. La chambre de la bonne, Tante Xu, faisait deux mètres de plus que toute la maison de Deuxième Frère. Les quatre membres de la famille occupaient quatre pièces, et en plus, il y avait une chambre d'amis et une réserve. Yang Meng disait que cet appartement venait de son grand-père maternel. L'appartement de leur grand-père paternel était encore plus joli ; devant il y avait même un jardin. Mais son père l'avait depuis longtemps offert en tribut à l'Etat.

A vrai dire, aux yeux de Deuxième Frère, cette famille était comme une famille d'extraterrestres. Deuxième Frère, lui, c'était à Henan Pengzi qu'il avait grandi. Il était donc convaincu que les querelles de couple, les chamailleries entre père et fils, les disputes entre frères et sœurs étaient des événements habituels obligés dans toutes les familles. Seuls ces démêlés faisaient qu'une famille était une famille, que les siens étaient les siens. Autrement, quelle différence y aurait-il avec la place publique ? Toutefois, les Yang avaient une tout autre façon de vivre. Il y avait un tel amour et un tel respect entre les membres de cette famille, une telle égalité démocratique, un tel raffinement, une telle tendresse ! La première fois que Deuxième Frère est entré chez les Yang, il ne savait même pas comment ses mains devaient bouger, ses pieds se mettre en marche. Deux, trois mois plus tard, il a commencé lentement à s'adapter. Il était totalement grisé par l'atmosphère de la famille Yang. Ce n'était qu'une fois ici, avait-il l'impression, que son cœur avait le sentiment de battre pour une véritable personne. Sans s'en rendre compte, il faisait irruption chez les Yang plusieurs fois par semaine.

Yang Meng se préparait aux examens d'entrée du lycée n° 1 de garçons. Il était le meilleur de l'école, il avait le succès à portée de main. En comparaison, les résultats de Deuxième Frère au collège communal étaient médiocres. Yang Meng était d'une chaleureuse loyauté envers son bienfaiteur. De plus, ils s'entendaient très bien tous les deux. Ils ont donc tissé des liens d'amitié très intimes. Deuxième Frère a progressivement appris à boire du café. Au début, il pensait que cette eau brun foncé était une médecine chinoise que le docteur Yang lui donnait en guise d'antiseptique. Plus tard, il a réalisé que ce drôle de truc s'appelait du café. Les gens de la haute société aimaient en boire. Chez les Yang, Deuxième Frère a goûté à plusieurs choses qu'il n'avait encore jamais mangées, ni même vues. Un jour, il a bu une soupe de trémelles blanches ; c'est que Yang Meng avait mal aux dents et ne voulait pas boire son bol. Il l'a refilé à Deuxième Frère. Résultat, le corps de Deuxième Frère a été tourmenté par des vagues de chaleur et il a été incapable de dormir. Au milieu de la nuit, il s'est même demandé si on n'avait pas mis quelque médicament bizarre dans sa soupe. Quand il en a parlé à Yang Meng, celui-ci a pouffé de rire.

Deuxième Frère prévoyait aussi de passer l'examen d'entrée au lycée n° 1 de garçons. Après l'avoir aidé à réviser ses leçons pendant quelques jours, Yang Meng a affirmé que, vu les capacités intellectuelles de Deuxième Frère, il n'aurait pas de problèmes pour être plus tard admis à l'université Qinghua. Ces paroles ont eu pour effet de donner soudainement un but à la vie de Deuxième Frère.

Le soir, après les devoirs, Mme Yang prenait souvent un livre et faisait doucement la lecture à tout le monde. Le timbre de sa voix était tellement doux. D'une telle lenteur qu'il semblait glisser du ciel. Tout juste comme le timbre de voix des Immortels dans les rêveries de Deuxième Frère. Deuxième Frère se disait souvent : si Mère pouvait aussi être comme ça, ah ! comme ce serait bon ! Quand Mère parle, on dirait qu'une main dans son larynx pousse sa voix vers le haut. Sa salive gicle partout et oblige à tout bout de champ les personnes à ses côtés à s'essuyer le visage de leur manche. Mère n'a jamais étudié. Mais elle est très intelligente. Quand elle insulte les gens, elle sait comment les faire rire en choisissant, ici et là, les plus fins mots d'esprit, les plus sarcastiques, et grossiers en plus. Confondu entre le vrai et le faux, son public ne sait plus s'il faut rire ou pleurer ! Quant à Mme Yang et ses enfants, eux, ils n'ont jamais prononcé la moindre vulgarité. Une fois, comme Deuxième Frère racontait que la fenêtre de la maison avait été cassée par un passant, il a par mégarde laissé échapper un « putain ». Toute la maisonnée a instantanément froncé les sourcils. Yang Lang s'est bouché les oreilles et a dit : « C'est laid à mourir de t'entendre, on dirait un petit voyou. » Aussitôt, le visage de Deuxième Frère est devenu rouge comme s'il y avait mis de la couleur. Pendant un long moment, il n'est pas arrivé à relever la tête. Personne n'en a reparlé, mais depuis ce jour il n'a jamais plus osé lâcher de mots sales chez les Yang. Il a eu la chance d'entendre Mme Yang faire la lecture de *L'Hirondelle de mer* de Gorki, de *L'Etang de lotus au clair de lune* de Zhu Ziqing et de *La Divine Comédie* de Dante. Un jour, un samedi, la lune était très belle. L'ombrage des arbres traversé par la lune de l'autre côté de la fenêtre transformait la pièce en un grand miroir bigarré. Yang Lang a invité toute la famille à s'asseoir sous cette mosaïque d'ombres et de reflets lunaires, puis elle a monté le son du tourne-disque. Comme la musique s'élevait tranquillement, toute vêtue d'une robe blanche, Yang Lang a glissé en douceur sur ses pieds nus et, face au clair de lune, a récité :

Je vis, à travers mes larmes douloureuses,
d'autres années, hélas tristes et rigoureuses,
dont l'ombre tour à tour voila ma vie maudite.

Pleurant ainsi, derrière moi je crus sentir un spectre qui soudain tenta de me saisir par les cheveux. Sa voix, qui semblait un prodige, demanda, magistrale et tendre tour à tour : « Devine qui te tient maintenant ? » « La Mort », dis-je. « Non, dit la voix d'argent. Pas la Mort, mais l'Amour. »

A la dernière phrase, elle a explosé en un rire chaleureux, puis elle a rallumé les lumières de la pièce. Tout le monde a été conquis par sa belle prestation, Yang Meng a sauté sur ses pieds et s'est écrié : « Tu es vraiment formidable ! »

Deuxième Frère a été ému par cette ombre blanchâtre flottant sous la lune. Les phrases, les unes après les autres, en couches successives, ont ficelé son cœur très serré. La couche extérieure exposait avec éclat les cinq mots : « Pas la Mort, mais l'Amour ». Dans l'instant qui a suivi les applaudissements chaleureux, une profonde mélancolie a émergé des profondeurs du cœur de Deuxième Frère. Une mélancolie qui n'a jamais cessé de resurgir, jusqu'à sa mort. Même à son dernier soupir, Deuxième Frère a répété une dernière fois : « Pas la Mort, mais l'Amour », avant de laisser sa tête s'affaisser. Ses yeux, c'est Yang Meng qui les a fermés. De ces orbites mystérieuses montait une mélancolie que personne n'avait comprise.

Deuxième Frère devenait enthousiaste. Sous prétexte de réviser ses leçons, il se rendait pratiquement tous les jours chez les Yang. Il lui suffisait de passer le seuil de cette maison pour que le tumulte de son cœur se métamorphose en calme serein.

La conduite de Deuxième Frère contrariait beaucoup Troisième Frère. Il n'avait pas envie d'étudier et il pensait que Deuxième Frère ne devait pas se plonger dans les études. Troisième Frère disait : Père n'a pas de culture et il vit bien, non ? Deuxième Frère disait : peut-être mais ses fils et filles n'ont pas du tout une belle vie. Troisième Frère disait : je nous trouve pas si mal, quand même ! Deuxième Frère disait : je trouve qu'on vit comme des chiens ! Surtout Septième Frère, même un chien est mieux que lui ! Pendant que Deuxième Frère parlait, Septième Frère était là, assis sur le seuil, le visage crasseux, occupé à faire glisser sa morve vers sa bouche tout en faisant claquer ses lèvres de contentement.

Troisième Frère avait une haine viscérale pour la famille Yang. Surtout pour Yang Lang. Il disait que cette fille était une réincarnation du démon. La première fois, Deuxième Frère s'est contenté de la dévisager d'un regard sévère. La deuxième fois, c'était lors d'une rencontre fortuite de Deuxième Frère et Troisième Frère avec Yang Lang. Tous deux étaient en effet en route pour aller voler du charbon quand ils ont rencontré Yang Lang et Yang Meng. A la vue de Deuxième Frère avec un sac de jute à la main, Yang Meng a demandé tout bonnement : où allez-vous ? Deuxième Frère a à peine soufflé entre ses dents : nous allons au charbon. Deuxième

Frère a pris soin d'éviter le mot voler, il a aussi évité le mot ramasser. Yang Meng a dit : t'as besoin d'aide ? Le son de ses paroles venait à peine de s'éteindre quand Yang Lang a dit en tirant sur ses vêtements : « Ça va pas ? C'est dégoûtant, dégoûtant ! » Troisième Frère a pris sa face de bois et a dit à Deuxième Frère : « J'pars devant. » Deuxième Frère s'est empressé de lancer aux Yang : « Je m'en vais. » Et il a disparu en hâte avec Troisième Frère. Troisième Frère a laissé échapper l'insulte « sale démone ! ». Deuxième Frère s'est arrêté net, dans ses yeux a jailli le feu. Il a dit en grinçant des dents : « Ça fait deux fois que tu l'insultes, si je t'entends encore une troisième fois, je t'avertis, je ne suis plus ton frère ! » Troisième Frère n'y a rien compris, il se croyait victime d'une cruelle injustice. Il ne parvenait qu'à répéter cette phrase qui lui revenait à la bouche : « Qu'est-ce que j'ai fait ? Qu'est-ce que j'ai fait ? »

Plusieurs jours après que Yang Lang avait dit « c'est dégoûtant », sa mère l'a appris. Elle a voulu que Yang Lang fasse ses excuses à Deuxième Frère. Quand Yang Lang a dit : « S'il te plaît, pardonne-moi », c'était avec un tel élan du cœur que Deuxième Frère en a rougi d'un seul coup. En bredouillant, il en a profité pour dire à Mme Yang que ce jour-là, en fait, lui et son frère allaient voler du charbon. Mme Yang n'a rien dit, elle a seulement lâché un long soupir. Ce soupir a oppressé le cœur de Deuxième Frère d'une douleur lancinante. Ce soir-là, en vérité, il avait l'esprit ailleurs quand il a révisé ses leçons. Au moment de son départ, Mme Yang a accompagné pour la première fois Deuxième Frère jusqu'au chemin. Le clair de lune pavait la route et répandait une lumière blanchâtre. Elle a dit : « Je sais que votre famille vit dans la misère, mais même pauvres, il faut être pauvres dans la dignité. Tu dois comprendre cela. » Deuxième Frère a acquiescé énergiquement de la tête.

Deuxième Frère n'aurait jamais dû commettre l'erreur de rapporter les propos de Mme Yang à Père. Père était enragé, il a fracassé au sol la bouteille d'alcool qu'il tenait à la main et a hurlé : « Comment ça, pas avoir de dignité ? Amène-la ici vivre notre vie, elle va voir ce que ça vaut ce truc-là, la dignité ! » Deuxième Frère était si effrayé qu'il n'osait plus émettre un son. Père a dit : « Toi, mon gars, si t'oses encore aller dans cette famille Yang, j'te jure que l'vieux va te casser les jambes ! » Mère a dit : « Ouais, ce monde-là dépend pas de nous autres, les ouvriers, pour se nourrir ? Y sucent notre sang pour s'engraisser ! » Deuxième Frère a dit : « C'est une famille de médecins. Pas une famille de capitalistes ! » Mère a dit : « Si tu veux prendre leur défense, eh ben t'as qu'à porter le nom de Yang toi aussi ! » Père a dit : « Petit, j'vais te dire, moi, ce que c'est la dignité. La dignité c'est pas avoir affaire avec des riches, et surtout pas leur laisser croire que leur vie te fait baver d'envie ! »

Deuxième Frère avait honte en pensant à ce que venait de dire Père. Il se disait que c'était vrai, qu'il avait certainement un peu l'air de quelqu'un qui bave d'envie. Résultat, il n'est pas allé chez les Yang pendant quelques jours d'affilée. Il se sentait très mal. Comme si sa cage thoracique supportait un grand poids de pierres qui tanguaient dans sa poitrine. Le septième jour, Deuxième Frère et Troisième Frère revenaient à la maison avec du charbon sur leur dos, ils ont rencontré Yang Lang. Yang Lang qui allait à leur rencontre a dit : « Pourquoi ne viens-tu plus ? » Deuxième Frère est resté bouche bée, il ne trouvait pas de réponse. Yang Lang a dit : « Tu me détestes, n'est-ce pas ? N'ai-je pas déjà reconnu mon erreur ? » Deuxième Frère a fixé son attention sur elle pendant quelques secondes, puis il a incliné la tête et répondu à voix basse : « Je ne mérite pas d'y aller. » Yang Lang a suivi Deuxième Frère à l'intérieur de la maison. Pour la première fois, elle a vu à quoi ressemblait vraiment cette maison. Elle a dit : « Reviens donc ce soir, sinon mon frère va encore me faire des reproches. » Deuxième Frère a dit : « Dis à Yang Meng qu'on a besoin de moi à la maison, que je peux pas y aller ces jours-ci. » Yang Lang a dit : « D'accord. » Comme elle reculait et s'apprêtait à sortir, sa main a heurté par inadvertance Septième Frère qui entrait au même moment. Elle a poussé un cri perçant et a bondi en vitesse à l'extérieur. Puis elle a déniché un petit mouchoir et s'est essuyée avec frénésie tout en s'éloignant.

Son dernier geste, avant de disparaître à l'horizon, était encore de s'essuyer la main.

Finalement, Deuxième Frère n'est plus allé chez les Yang. Il n'a pas non plus réussi l'examen d'entrée au lycée n° 1. Mais on ne peut pas lui reprocher pour autant de ne pas avoir été studieux. Pendant une très longue période, on le trouvait toujours sous les lampadaires en train de réviser ses leçons. Mais la semaine avant les examens, il a plu sans arrêt et il n'a pas été capable de trouver un autre endroit pour étudier. Il n'a pas eu d'autre choix que de se nicher au creux de la foule de ses frères et d'écouter, encore et encore, Père raconter ses histoires du bon vieux temps. Et d'aller dormir à huit heures, en même temps que toute la famille.

Deuxième Frère a été admis au lycée n° 8. C'était le premier dans notre famille. Si plus tard, dans des conditions tout à fait exceptionnelles, Septième Frère n'avait pas été admis à l'université, eh bien Deuxième Frère aurait été le plus instruit de la famille. Yang Meng est bien sûr entré au lycée n° 1. Cela aussi, Deuxième Frère le savait depuis longtemps. Pendant les vacances, Yang Meng était venu s'amuser quelquefois à la maison. Assis sur le seuil, lui et Deuxième Frère regardaient les trains leur frôler les yeux, les uns après les autres, et ils parlaient, parlaient sans arrêt. Après le début des classes, les affinités entre Deuxième Frère et les Yang se sont progressivement atténuées, jusqu'à ce qu'ils ne se fréquentent plus du tout.

Deuxième Frère était un élève remarquable. Sa façon de bouger et de parler ressemblait de moins en moins à celle des autres membres de la famille. Il a dit à Père qu'il voulait aller à l'université. Il voulait devenir architecte. Il voulait donner la chance à Père et Mère d'habiter dans la plus jolie maison du monde, celle qu'il construirait de ses propres mains. La lumière vive qui jaillissait de son étrange regard quand il disait cela savait pénétrer le cœur de tout le monde. Père et Mère étaient foudroyés, ils l'ont fixé bêtement pendant un bon moment. A l'extérieur, la sirène d'un train a sifflé très longtemps, la cabane a ballotté dans le grondement sourd du train et Père a eu un moment de lucidité. Contrairement à ses habitudes, il a crié comme un petit enfant au comble d'une folle joie : « Mon fils a de l'avenir ! Un vrai de vrai de mon espèce ! » Puis il s'est mis à tripoter Deuxième Frère partout pendant un bon bout de temps. Ce jour-là, toute la famille était terriblement excitée, sauf Septième Frère qui comme d'habitude a rampé sous le lit comme un chien et sombré dans un sommeil de mort.

Le rêve de Deuxième Frère d'aller à l'université et de devenir architecte, comme le rêve de beaucoup, beaucoup de gens, a été pulvérisé par la « grande révolution culturelle ». Ses solides origines de classe lui auraient permis d'être chef d'une brigade de gardes rouges, mais il avait le moral en cendres. Il n'a pris part à aucune brigade. Père l'a rappelé pour travailler. Il avait un demi-bataillon de jeunes frères et sœurs. Il devait s'atteler au travail pour gagner la vie de la famille. Père a trouvé une charrette pour Deuxième Frère. Deuxième Frère s'est donc mis à transporter les marchandises entre l'entrepôt de la rue Huangpu et le bord du fleuve, tous les jours. Il gagnait pas mal d'argent. L'hiver, cela permettait à ses frères et sœurs de porter des chaussettes de coton.

Un soir, toute la famille dormait. Ils avaient l'habitude de dormir très tôt. Parce qu'il y avait le travail du lendemain, et aussi parce que, s'ils ne se couchaient pas, la cabane devenait archibondée, archibruyante. Tandis que les ronflements allaient et venaient dans la cabane, un coup violent a été frappé à la porte. Tout le monde s'est réveillé en même temps. C'est quelque chose qui ne s'était jamais produit. Au début, Père a gueulé : « T'es fou ? Qui frappe comme ça ? » Contre toute attente, la réponse est venue de Yang Meng. Deuxième Frère a bondi hors du lit, il était, de toute évidence, très nerveux, comme s'il pressentait quelque chose. Il a ouvert la porte, il a vu la main droite de Yang Meng tenant très serré Yang Lang qui tremblait de tout son corps, les yeux rouges et enflés. Il a demandé en toute hâte : « Qu'est-ce qui se passe ? » Yang Meng avait un visage de glace mais il parlait d'une voix éplorée. Il a dit que leurs parents étaient sortis tous les deux cet après-midi et n'étaient toujours pas de retour. Lui et sa sœur les avaient attendus jusqu'au soir puis, trouvant cela étrange, ils étaient allés dans la chambre de leur père voir s'il n'y avait pas un message. Résultat, ils avaient découvert une lettre signée par leur père et leur mère et adressée à Yang Meng. La lettre disait que Yang Meng ne devait pas trop s'inquiéter de ce qui pourrait se passer à la maison. Que sa seule responsabilité était de bien protéger sa petite sœur. Et à la dernière ligne, ils avaient écrit ces quelques mots : « Adieu, enfants adorés ». Yang Meng n'avait pas encore terminé son récit que Père a aussitôt crié de l'intérieur : « Pauvres ânes, qu'est-ce que vous faites ici à bavarder, c'est ben clair qu'y sont partis rejoindre Lucifer, partez vite à leur recherche ! » Yang Meng a dit : « Langlang n'en peut plus, Tante Xu a été renvoyée dans son village natal le mois dernier. Je voulais te demander de t'occuper un peu d'elle. »

Deuxième Frère a dit : « Non, moi j'vais aller chercher à ta place, toi occupe-toi de Langlang. » Yang Meng a dit : « Non, ce serait pas correct. » Père était déjà hors du lit ; du pied il a poussé Troisième, Quatrième, Cinquième et Sixième Frère qui, à plat ventre, écoutaient Yang Meng. Il a dit : « Debout, debout, ce soir vous partez tous faire une battue. » Il s'est tourné vers Yang Meng et a dit : « Laisse le petit Deuxième s'occuper de la demoiselle, tous ceux-là, j'te les donne, hésite pas à leur donner des ordres. » Yang Meng a dit : « Oncle, comment puis-je vous remercier ? » Père a dit : « Cesse de parler pour rien et ça ira. »

Deuxième Frère a pour ainsi dire ramené Yang Lang sur son dos. Elle était si faible qu'elle ne pouvait pas marcher. Sa bouche marmonnait des paroles que Deuxième Frère n'arrivait pas du tout à comprendre. Deuxième Frère n'a pas fermé l'œil pendant trois jours et trois nuits. Une fois à la maison, Yang Lang était devenue fiévreuse. Ses larmes s'étaient asséchées, la fièvre rendait son visage rouge, tout rouge, les feux sauvages sur ses lèvres la défiguraient complètement. Deuxième Frère a fait venir un médecin, il a fait bouillir du gruau de riz et préparé des médicaments pour elle, puis il s'est penché avec précaution au-dessus du lit et l'a implorée de reprendre des forces à tout prix.

Le quatrième jour, Yang Meng est revenu à la maison exténué en disant que ses parents avaient été retrouvés. Ils avaient sauté ensemble dans le Grand Fleuve. Une banderole de soie blanche de la robe de mariage de sa mère les tenait liés très serré ensemble à la taille. Quand la patrouille les a tirés hors de l'eau, leurs cadavres étaient déjà tellement gonflés qu'ils en étaient déformés. Après avoir rapporté ces détails, les jambes de Yang Meng ont ramolli d'un coup, il est tombé à genoux et a vomi de douleur. Il n'avait rien mangé ces derniers jours, il n'a vomi qu'un peu de bile. En voyant battre les veines saillantes sur son cou, Deuxième Frère a détourné le regard. Dans l'urgence du moment, il a tout de même eu la soudaine présence d'esprit de se pencher à son oreille et de lui dire : « Surtout, ne te laisse pas aller. Si Langlang te voit, c'est fini. » Même avec cette phrase, il n'était pas sûr que Yang Meng tienne le coup. Par chance, Langlang était dans un état léthargique dans sa chambre et on a pu lui cacher la situation.

Une semaine plus tard, grâce à l'aide attentionnée de Deuxième Frère, Troisième Frère et des autres frères, on pouvait dire que le déroulement des funérailles s'achevait plutôt bien. Les cendres du médecin et de sa femme professeur de chinois ont été déposées ensemble à l'intérieur d'une toute petite urne blanche. Père a contribué à leur trouver un lieu de sépulture du côté du mont Biandan. Ainsi, ils pourraient dormir en paix éternellement sur ce sommet reculé. Debout à côté de la tombe, Deuxième Frère regardait la montagne, verdoyante de rameaux et de feuilles, la tombe noire et la stèle blanche. C'est alors qu'a brusquement surgi dans son cœur un lancinant sentiment de mélancolie. La vie est futilité, la mort est poussière. N'est-ce pas le lot de tous les êtres vivants, lui y compris ? Entre un vivant et un mort, y a-t-il un écart significatif ? Les morts ne peuvent-ils pas dire que dans leur monde, ils sont fondamentalement vivants et que ce sont les vivants, en fait, qui sont morts ? La mort n'est-elle pas un passage vers un degré plus élevé de la vie ? Deuxième Frère souffrait d'une douleur qu'il n'avait encore jamais ressentie. Celle de l'angoisse et du désarroi face à la vie, une douleur impossible à dissiper. Si cette douleur n'est pas parvenue à le tourmenter bien longtemps, c'est qu'en fait, juste au moment où il l'a ressentie, au moment où il s'apprêtait à sombrer dans de tels tourments, il a connu pour la première fois l'amour. La puissance et l'ardeur de l'amour ont liquéfié sa vie. Sur les ailes de l'amour, il vivait dans un tel état de fluidité, de calme ! Jusqu'au jour nuageux où l'amour, passant tout à coup du côté de l'illusion, s'est métamorphosé en fumée et dispersé au gré du vent. Sa vie s'est alors cristallisée à nouveau et son mal de vivre a fondu sur lui. Il s'est souvenu de la belle vue verdoyante de rameaux et de feuilles, de la tombe noire et de la stèle blanche du mont Biandan, il s'est souvenu d'un seul coup de cette nuit-là et, à l'aide de la lame dont il se servait pour se faire la barbe, il s'est tranché les veines du poignet. Il a allongé son bras sur le bord du lit et a laissé le sang couler, goutte à goutte, sur le sol. A l'aube, Troisième Frère a découvert, à son réveil, que la vie de Deuxième Frère ne tenait plus qu'à un fil. Informés de ce qui venait d'arriver, Yang Meng et Yang Lang sont aussitôt accourus et regardaient affolés la terre couleur de sang. Yang Lang a dit d'une voix fuyante : « Pourquoi a-t-il choisi la mort ? » Deuxième Frère a ouvert les yeux à cet instant précis et a dit distinctement : « Pas la Mort, mais l'Amour ! », puis sa tête a glissé sur le côté.

Cet événement s'est déroulé en 1975 sur la rive nord de la rivière Dongjing dans la plaine de Jianghan. Cela fait maintenant dix ans.

7

Septième Frère se souvient maintenant que cette année-là, quand il a appris la nouvelle de la mort de Deuxième Frère – c'était exactement comme s'il avait entendu parler de la mort d'un étranger –, sa réaction a été sèche, en dépit du fait que Deuxième Frère s'était plutôt bien occupé de lui. A ce moment-là, Septième Frère était à la campagne depuis une année. Il était dans un petit village de montagne encerclé par une forêt dense et feuillue en plein cœur du mont Dahong. Il n'était pas rentré chez lui depuis son arrivée. En quelques gribouillis, Grand Frère lui avait annoncé la nouvelle de la mort de Deuxième Frère. C'est la seule lettre qu'il ait reçue de sa famille. Il n'a pas répondu.

Le jour où Septième Frère est parti pour la campagne, tout était calme à la maison. Il est parti sans rien dire, seul. Au coin de la ruelle, il a croisé Sœur aînée Petit Parfum avec un homme à barbe noire. Enlacés, ils avançaient dans sa direction. Quel énième homme de Petit Parfum c'était, Septième Frère n'en était plus très sûr. Mais il avait entendu Mère, il n'y avait pas si longtemps, dire à Père que Petit Parfum voulait se marier avec cet homme.

Premièrement, cela lui permettrait d'éviter d'aller à la campagne, deuxièmement, elle portait déjà son enfant. Petit Parfum ne pouvait se faire avorter encore une fois. Sinon, elle ne pourrait absolument plus avoir d'enfant. C'était ce que le médecin qui accompagnait Petit Parfum à l'examen médical avait dit à Mère. La coquetterie de Petit Parfum était de même nature que celle de Mère autrefois. La seule différence, c'est qu'elle changeait très souvent d'homme alors que Mère n'en avait qu'un seul, Père. Quand Septième Frère a vu Petit Parfum, il s'est vite mis discrètement sur le côté de la route. Il l'a laissée passer et a poursuivi son chemin, solitaire. Petit Parfum a réagi comme si elle ne l'avait pas vu, elle ne l'a même pas regardé du coin de l'œil. Septième Frère détestait les trois femmes de la famille. Parmi elles, Petit Parfum était celle qu'il haïssait le plus. Septième Frère s'était, un jour, fait un serment diabolique: quand il aurait l'occasion de se venger, il prendrait Mère et ses deux sœurs et les violerait toutes, chacune à leur tour, devant Père. Septième Frère s'était fait ce serment à l'âge de quinze ans. Ce jour-là, alors qu'il dormait sous le lit, Cinquième Frère et Sixième Frère étaient entrés dans la cabane avec une fille. Peu de temps après, Septième Frère a entendu la fille pleurer et se débattre. La cage du lit au-dessus de sa tête grinçait terriblement. Ne sachant pas ce qui se passait, il a sorti la tête. Il a vu Cinquième Frère et Sixième Frère et le bas de leurs corps complètement nus. Cinquième Frère était couché sur le corps de la fille pendant que Sixième Frère maintenait ses jambes écartées. En apercevant Septième Frère, Sixième Frère lui a tapé à grands coups sur la tête en hurlant : « T'as rien vu. Répète ! » Septième Frère a répété en bredouillant : « J'ai rien vu ! » Puis il est retourné se cacher sous le lit. Il entendait les gémissements répétés de cette fille, et ces gémissements douloureux provoquaient en lui un malaise intolérable. Il avait l'impression que ce n'est qu'à la fin du monde que des êtres peuvent produire de tels sons douloureux. Tout de suite, il a pensé qu'il devait faire en sorte que les personnes qu'il détestait par-dessus tout, sa mère et ses sœurs, souffrent, elles aussi, comme ça, une bonne fois.

Avec le temps, bien sûr, Septième Frère a tourné tout ça en plaisanterie. Et bien que, par la suite, il en ait eu de nombreuses occasions, il n'a jamais envisagé de vengeance de ce genre.

Septième Frère est allé seul dans ce village de montagne. C'est lui-même qui a choisi cet endroit. A la descente de l'autobus, il fallait encore une journée entière de marche, sur des sentiers de montagne, pour y parvenir. Septième Frère se disait que là, personne ne pourrait savoir où il était.

Septième Frère et le fils du propriétaire dormaient dans le même lit. C'était la première fois depuis sa naissance qu'il dormait dans un lit digne de ce nom. Sous les draps graisseux, les tiges sèches de maïs et de riz formaient la paillasse. Toute la pièce dégageait une odeur végétale. Derrière la maison, il y avait trois arbres fruitiers odorants. Septième Frère s'est allongé. A soixante centimètres au-dessus de lui, il n'y avait plus le cadre noir oppressant du lit, ni les craquements provoqués par Père et Mère. A trois pas, il n'y avait pas les ronflements ni les marmonnements s'élevant du bataillon de ses frères alignés au sol, sur le lit de fortune. L'espace était très grand, il y avait des souris qui couinaient en courant sur les poutres. Les rayons de lune passaient chichement entre les briques de la maison. Les nuages jouaient à cache-cache avec la lune, on aurait dit que leurs jeux d'ombre se déroulaient directement dans la pièce. Septième Frère a ressenti soudain une peur immense. Le fils du propriétaire dormait là, juste à ses côtés, sans émettre le moindre son, comme un mort. Cela donnait l'impression à Septième Frère d'être allongé dans un autre monde, autre que celui des humains. Toutes ces questions au sujet de la mort, auxquelles il n'avait encore jamais pensé, il y a pensé à plusieurs reprises cette nuit-là. Il se demandait s'il n'était pas déjà mort sans le savoir lui-même. On l'aurait enseveli ici, en lui disant qu'il partait pour la campagne, mais en fait il se trouvait quelque part dans le monde des ténèbres. Pendant plusieurs jours d'affilée, Septième Frère a réfléchi sans arrêt à cette question. Parmi les hommes qui l'entouraient, il a même tenté de retrouver son petit frère – moi. Il pensait qu'il était possible que son petit frère se trouve parmi eux, mais que, comme ils étaient séparés depuis très longtemps, ils ne se reconnaissaient pas. Septième Frère était très content de savoir plein de choses dont les autres n'avaient pas conscience. Lui, il savait pertinemment que les gens qui l'entouraient étaient des esprits qui l'avaient précédé dans ce monde. Et que ces esprits ne savaient pas eux-mêmes qu'ils étaient morts. Ils étaient au contraire foncièrement convaincus de vivre à l'aise dans le monde de la lumière. Septième Frère pensait qu'il suffisait de comprendre leur démarche aérienne pour savoir tout de suite qu'on avait changé de monde.

Septième Frère ne fréquentait pas une seule personne du village. Sauf pour les conversations impossibles à éviter, il n'ouvrait jamais la bouche. Il était comme un chien silencieux. Que le maître lui demande de lécher ici ou là, et il allait sagement donner quelques coups de langue ici ou là. Au début, les paysans disaient que Septième Frère était bonasse, plus tard ils disaient qu'en fait Septième Frère était sournois. Vieux et jeunes connaissaient d'ailleurs tous le dicton qui dit que le chien qui n'aboie pas mord. En fin de compte, tout le monde a considéré Septième Frère comme un drôle de numéro. Devant ces thèses compliquées et controversées, Septième Frère faisait la sourde oreille. Il était convaincu que les morts normaux ne parlaient pas.

Trois mois après son arrivée au village, Septième Frère a entendu dire que le village était, depuis quelque temps, hanté par un fantôme. Il a trouvé cela ridicule. Nous-mêmes, ne sommes-nous pas tous des fantômes ? Ces histoires de fantômes qui remuaient d'autant plus l'âme qu'on les racontait souvent, Septième Frère ne s'en préoccupait pas. En revanche, il espérait avoir la chance de rencontrer ce fantôme en personne. C'est peut-être le petit Huitième, pensait-il.

Tous les jours à l'heure des repas, le fils du maître rapportait une nouvelle histoire à propos du fantôme. Ce fantôme est tellement maigre. Oh ! comme lui. Il montrait Septième Frère du doigt. Quand il se met en route, on dirait qu'il vole. Tous les soirs, avant d'entrer dans le bois, il vole trois fois autour de l'abricotier, à l'entrée du village. En entrant dans le bois, le fantôme devient blanc. Il voltige d'un arbre à l'autre. Chaque fois qu'il se pose sur un arbre, il émet un cri. Ce son est vraiment bizarre. En volant au-dessus du bois, il se dirige vers le village, le traverse lentement puis, après avoir fait demi-tour, revient à nouveau dans le bois. Cela se poursuit ainsi tard dans la nuit, jusqu'à ce qu'enfin le fantôme se métamorphose en fumée et disparaisse.

Quelques jours plus tard, le fils du maître a raconté encore : maintenant le fantôme s'est enfoncé très très profondément dans le bois et il lance des cris stridents. Les bêtes sauvages par là-bas se sont toutes enfuies de peur. Les chasseurs n'arrivent même plus à abattre un seul faisan dans cette région.

Quelques jours plus tard, le fils du maître a raconté l'histoire de la fille du vieux Yu, le chef du village, en visite à la maison familiale. En venant par la montagne, elle s'était tordu un pied, elle avait continué son chemin en clopinant au milieu de la nuit et rencontré le fantôme dans le bois. Elle ne l'avait pas vu tout de suite; c'était le fantôme qui avait volé au-devant d'elle. Elle avait eu si peur qu'elle l'avait repoussé d'un brusque coup de pied avant de prendre la fuite. Une fois arrivée à la maison, elle avait affirmé que le fantôme avait une consistance visqueuse.

L'ombre du fantôme se profilait à travers tout le village, mais curieusement, il n'avait commis aucun acte maléfique. Si bien qu'on se demandait si on devait attraper le fantôme pour voir à quoi il ressemblait. Cette idée, naturellement, ce sont les jeunes qui l'ont eue. Septième Frère avait, lui aussi, l'intention d'aller voir à quoi pouvait finalement ressembler un fantôme. Mais le soir venu, il a eu trop sommeil et il est parti se coucher dès que le ciel s'est assombri.

Cette nuit-là donc, il n'y avait pas de lune. Sept ou huit jeunes gens se sont cachés dans le bois. Le fils du maître y était lui aussi. Ils tremblaient tous autant les uns que les autres. Ils tremblaient tellement que les arbrisseaux à leurs côtés bruissaient sans discontinuer. A minuit, le fantôme a tourné autour de l'arbre. Comme prévu, il était très maigre; comme prévu, il marchait comme s'il volait. Et quand il est entré dans le bois, ils ont aussi constaté que, comme prévu, il devenait blanc. Craintifs, ils n'osaient pas lever le petit doigt. A la fin, l'un d'eux, qui avait l'expérience de la chasse, a eu le courage de lancer un lasso, il a attrapé le fantôme du premier coup. Le fantôme a lâché un grand cri. Trois sons d'affilée. Longs et retentissants. Tous les villageois les ont entendus. Après avoir crié, il est tombé par terre avec grand bruit. Plus un son. Les jeunes ont ficelé le fantôme à l'aide d'une corde. Des mains, ils l'ont touché : ce fantôme était, comme prévu, tout visqueux. Après l'avoir transporté à la lumière, dans le village, ils ont découvert que c'était un être vivant. Il respirait de façon régulière, comme s'il dormait profondément. Le fils du maître a allumé et a laissé échapper un cri. Tout le monde l'a reconnu, c'était Septième Frère. Septième Frère était complètement nu. La peau de son corps était d'une blancheur exceptionnelle. Il respirait toujours avec autant de calme et se tournait même sur le côté, à son aise.

Quelqu'un lui a donné un violent coup de pied au cul. Septième Frère s'est réveillé brusquement en criant « Aïe ! ». Il regardait le cercle d'hommes et de femmes qui l'entouraient, sans rien y comprendre. En clignant des yeux, il a baissé la tête et découvert que pas un fil ne le recouvrait. Il a grogné d'une voix sourde : « Qu'est-ce que vous faites ? » Sa voix était à la fois mélancolique et énergique, comme s'il venait d'atterrir ici après un très long voyage sur la crête d'innombrables montagnes. Quelqu'un lui a demandé : es-tu envoyé par les esprits célestes ? Septième Frère a dit : non, j'ai pas quitté le monde des ténèbres et je me conduis toujours comme un véritable mort. C'est en toute bonne conscience que Septième Frère a répondu ainsi. Mais cela a donné la chair de poule à tout le monde. Au lever du jour, les gens se sont dispersés dans la plus grande perplexité. Le fils du maître a rapporté son pantalon à Septième Frère avec grand respect et humilité.

Pendant très longtemps, Septième Frère n'a pas compris ce qui lui était réellement arrivé ce soir-là. Et le « fantôme » continuait de voltiger dans le bois, toutes les nuits.

En 1976, Septième Frère s'est tout à coup fait recommander pour entrer à l'université. C'était à Beida, l'université de Pékin. Avant cela, Septième Frère n'avait pratiquement jamais entendu ce nom. Il savait encore moins que l'université de Pékin était l'institution la plus prestigieuse de Chine. On pouvait dire qu'il avait une veine de pendu. Son père, docker, avait la vie dure, donc pleine de haine, et cela lui donnait un sérieux atout par rapport aux autres jeunes instruits. En plus, les villageois ne cessaient de réclamer son départ : cette odeur de fantôme dans leur vie devenait plus forte de jour en jour, et cela, ils ne pouvaient plus le supporter. Beida, elle, ne craignait pas les fantômes. Au contraire, elle s'intéressait énormément aux scénarios de vie dure et pleine de haine comme l'histoire familiale de Septième Frère. Depuis la naissance de Septième Frère, Père n'avait jamais cessé de le considérer comme un ennemi ; cette fois, sans le vouloir, il lui avait rendu un grand service.

Septième Frère a quitté à regret ce petit village de montagne entouré de bois. Il avait l'impression d'y avoir vécu un siècle. A présent, il devait à nouveau plonger dans le monde des vivants. Quand Septième Frère a pris la route, le soleil était déjà au zénith, les rayons étaient si étincelants qu'il en était un peu ébloui. Une légère brise soufflait, les arbres sur le côté de la route bruissaient tranquillement. Et les oiseaux chantaient avec allégresse. Septième Frère a pris une profonde inspiration. Il a touché sa poitrine et constaté que son cœur résonnait beaucoup plus qu'auparavant.

Septième Frère irait à Pékin ; en plus, il partirait en grande pompe par le train ; en plus, avant de partir au galop, le train déploierait toute sa puissance juste devant la maison. Cette nouvelle faisait enrager tous les membres de la famille au bord de l'hystérie. Comment Septième Frère, ce chien galeux, pouvait-il être le premier de la famille à s'embarquer pour un long voyage en train ? Le jour où il est arrivé à la maison, Père ingurgitait de l'alcool en râlant. Septième Frère a rampé en silence dans son ancien fief – sous le lit, contraint de tout entendre.

Le jour du départ, il pleuvait à verse. Septième Frère n'avait qu'une paire d'espadrilles : elles étaient blanches à force d'avoir été lavées. Il avait peur qu'elles ne tiennent pas le coup et de ne plus avoir de chaussures à porter une fois arrivé à l'université. Il a donc pris la route pieds nus. Père et Mère étaient partis au travail très tôt, ils ne lui avaient pas adressé un seul mot, comme s'il n'existait pas. Grand Frère l'a accompagné au coin de la ruelle, puis il lui a donné une pièce. Il a dit : il pleut trop fort, prends l'autobus, va ! Septième Frère n'a pas pris l'autobus. Dégoulinant de pluie, il a traversé avenues et ruelles. Son bagage devenait de plus en plus lourd. Ses vêtements collaient très étroitement à son corps et ses os saillaient. Septième Frère était très lucide. Que le coton soit mouillé, ça n'avait rien de grave. Le soleil d'été pourrait le faire sécher en un après-midi.

Septième Frère est resté trois ans sans revenir. La famille ne savait tout simplement pas ce qu'il était devenu. Personne ne s'est informé de lui, et il n'a, quant à lui, jamais écrit aucune lettre. Jusqu'au jour où, trois ans plus tard, il a réapparu en pleine forme dans le cadre de la porte. Tous ceux qui étaient alors à la maison ont eu un choc en le voyant.

« Qu'est-ce que vous avez tous à rester pétrifiés sur place ? N'ai-je pas une tête avec sept orifices comme la vôtre ? » a dit Septième Frère.

Le Septième Frère, maintenant de retour, est d'un tout nouveau genre.

8

Le triangle renversé que forment les larges épaules et la taille fine de Troisième Frère est vraiment du goût des femmes. L'été, quand Troisième Frère enlève sa chemise et qu'il prend le frais assis sur le côté de la route en agitant, torse nu, un grand éventail, aucune des femmes qui passent par là ne peut contrôler les battements de son cœur ni l'envie de le reluquer. Troisième Frère a les épaules découvertes et la poitrine à l'air, ses muscles sont tellement saillants que sa peau se dilate. Un jour, après avoir vu le film américain *Rambo*, le voisin Bai Liquan est revenu en proclamant : « Ça alors ! La carrure de cet Américain, c'est presque du même tonneau que celle du voisin, le petit Troisième. » Si bien que plusieurs habitants de Henan Pengzi se sont rués pour aller voir la carrure de Stallone. A leur retour, tout le monde a dit qu'en effet il était presque du même tonneau que Troisième Frère. Par contre, le faciès de Troisième Frère, lui, n'est pas à la hauteur de celui de Stallone, cela aussi tout le monde le reconnaît. A l'origine, c'est vrai, Troisième

Frère était aussi bel homme que Père dans sa jeunesse. Mais son visage trahissait déjà une certaine cruauté, et petit à petit, des muscles sauvages tout à fait absents chez Père sont apparus. Ces muscles sauvages ont donné à Troisième Frère une mine peu avenante.

Père dit : un homme sans femme dans le cœur fabrique des muscles de tyran.

Troisième Frère n'a pas de femme dans le cœur. Il a une attitude particulièrement hostile envers le sexe féminin. Bien qu'il ait déjà passé les trente-cinq ans – en fait, il approche des quarante –, il n'est pas encore marié. Il n'a pas du tout envie de se marier. Des filles viennent souvent le voir et minauder auprès de lui. Troisième Frère ne les renvoie pas, et même avec leur consentement, il les garde pour la nuit. Mais il assouvit une terrible rancœur en se laissant aller avec elles. Ce à quoi Troisième Frère donne libre cours, c'est de la haine, pas de l'amour. Et ce que les femmes réclament, c'est le corps de Troisième Frère, elles se fichent complètement de la couleur de ses sentiments. Après la mort de Deuxième Frère, Troisième Frère s'est enrôlé dans la compagnie de transport maritime. Cette mort lui a donné le choc le plus sérieux de sa vie. Dès sa naissance, Deuxième Frère avait été son frère adoré, il le suivait partout du matin au soir. S'il l'a aimé plus que lui-même, c'est qu'il se rappelait très bien que Deuxième Frère avait endossé avec courage les nombreuses, très nombreuses bêtises qu'il avait commises au cours de son enfance étourdie. Deuxième Frère a reçu plus d'une méchante fessée à cause de lui, et pourtant, devenu grand, il n'en a jamais soufflé mot à Troisième Frère. Troisième Frère a gravé tout cela dans sa mémoire. Il est réellement comme ça : que quelqu'un soit sincère et bon envers lui, et il ira jusqu'à laisser son foie et sa cervelle maculer le sol pour lui témoigner sa reconnaissance. D'ailleurs, en plus de ça, Deuxième Frère était son aîné immédiat, il lui devait donc le respect. Mais il a fallu que Deuxième Frère souffre à mort pour une femme. Depuis ce jour, les femmes sont comme un poignard planté dans la poitrine de Troisième Frère et dès qu'il en aperçoit une, sa poitrine souffre et saigne. Il se demande très souvent avec colère comment les femmes peuvent mériter l'amour des hommes. Les hommes sont-ils assez imbéciles pour aller jusqu'à aimer une femme ? Et chaque fois que, dans la rue, il voit un homme porter docilement des tas de sacs en suivant une femme qui se pavane d'un air hautain, ou bien chaque fois que, dans le coin d'un mur, sous un arbre ou dans des endroits du genre, il voit un homme tenter, d'un air niais, de plaire à une femme, il a vraiment envie de se ruer sur le couple et de leur donner une bonne raclée. C'est le genre d'exploit dont il est capable. Un soir, par exemple, il raccompagne son capitaine chez lui après une bonne cuite. Au retour, il revient par le raccourci du mont Tortue. La lune étincelle comme l'eau. La montagne est calme comme la mort. Troisième Frère rote et avance en chancelant. Tout à coup, il voit l'ombre de deux personnes sous un arbre. Il allait passer sans les voir. Mais soudain, une des ombres tombe, pouf, à genoux. Il entend la voix d'un homme. Cet homme dit piteusement : « Je t'en supplie, dis-moi oui. Sans toi, je ne peux pas vivre ! » La deuxième ombre se contente d'émettre un simple bof ! C'est bien sûr une femme. Les sept orifices de Troisième Frère crachent leur rage. Sans la moindre hésitation, il se rue sur eux en hurlant. Il va vers ce couillon et le bourre de coups de poing et de pied. Puis, en se tournant, il attrape la femme figée de peur par la poitrine et, de toute sa force, lui balaie le visage de quelques baffes. Les baffes claquent forts sur les joues de la femme. Leur bruit cristallin est agréable à l'oreille. Le cœur de Troisième Frère se sent maintenant beaucoup plus à l'aise. Il abandonne donc le couple à son sort et poursuit sa descente en rotant.

A bord de la péniche, Troisième Frère est matelot. Son capitaine l'apprécie beaucoup. Depuis que Troisième Frère a trouvé le calme sur ce bateau, il n'a jamais eu l'impression que le métier de matelot était dévalorisant. Il est grand et fort, et ne s'est jamais dérobé à la tâche. Il peut aussi accompagner le capitaine dans ses beuveries. C'est ce qui enthousiasme le plus le capitaine. Il dit que Troisième Frère est de tous les compagnons de beuverie qu'il a connus celui avec qui il a la meilleure connivence. Ils peuvent s'attabler tous les deux avec une bouteille d'alcool blanc et boire jusqu'à la renverser cul sec vers le ciel. L'été, le capitaine s'aventure toujours dans quelque idée folle. Il laisse la péniche suivre son cours et entraîne Troisième Frère faire un tour à la nage avec lui dans le Grand Fleuve. Ils nagent aussi bien l'un que l'autre. Ils serpentent dans le Grand Fleuve comme deux dragons bruns. Le capitaine dit à Troisième Frère : si t'es entraîné dans un tourbillon, allonge-toi de tout ton long et ne bouge pas, le tourbillon va t'expulser automatiquement. Troisième Frère fait exprès de le provoquer : tu dis ça sans avoir essayé, comment peux-tu me faire la leçon ? Contrarié, le capitaine dit : tu me crois pas ? C'est quelque chose que tous les matelots savent depuis longtemps. Troisième Frère dit : je crois que ce que je vois. Le capitaine désigne soudain un tourbillon et dit : bon, je vais t'le faire voir une fois. Sans attendre que Troisième Frère tente de le retenir, il plonge avec fougue. Figé par la peur et la stupéfaction, Troisième Frère fait du surplace dans l'eau et n'ose plus bouger. Le tourbillon tournoie plus vite que prévu. Troisième Frère n'arrive pas à voir où est le capitaine. Mais il entend bientôt un appel. C'est le capitaine, pas loin à ses côtés, qui lui fait des signes de la main en rigolant. Une fois que Troisième Frère l'a rejoint à la nage, le capitaine dit : j'ai bien failli y perdre la vie ! Troisième Frère dit : comment ça se passe ? Le capitaine dit : c'est comme si plusieurs mains te tiraient vers le fond du fleuve.

Je pensais que j'étais fini quand, tout à coup, j'ai été expulsé en moins d'une. Le capitaine dit : même en étalant ton corps et en ne bougeant plus, ça marche pas, faut savoir saisir le bon moment pour bouger. Troisième Frère reste silencieux. Il aperçoit soudain un tourbillon et dit aussitôt au capitaine : regarde-moi. Il plonge tête la première. Dans le tourbillon, Troisième Frère n'est plus libre de ses mouvements. Des mains énormes et nombreuses le lancent ici et là comme une balle. Sur son ventre, une autre force magnétique l'aspire vers le fond de l'eau. Troisième Frère perd le contrôle de sa voix et se met à crier : « Au secours ! » Il n'achève pas son appel et avale quelques bonnes rasades d'eau. En un éclair, il se dit : en fait, c'est aussi bien comme ça ; en passant dans les entrailles de l'autre monde, je pourrai peut-être revoir Deuxième Frère. Juste à cet instant, vroum, il est expulsé par une main. Tel un niais, Troisième Frère n'arrive plus à distinguer les quatre points cardinaux. Quand le capitaine arrive devant lui à la nage, il redevient enfin lucide. Une fois à sa hauteur, le capitaine lui flanque deux baffes et le réprimande d'une voix forte : « La vie, depuis quand on rit avec ça ? En plus, si tu meurs, j'devrai rendre des comptes à la direction ! » Sur le visage de Troisième Frère, ça brûle, mais il se sent très bien. Il dit : « Pour un tourbillon, c'est un tourbillon ! »

Le soir, après avoir jeté l'ancre, le capitaine et Troisième Frère boivent de l'alcool sur le pont. Le capitaine lève trois toasts successifs à Troisième Frère en enchaînant des « un bon gaillard, un bon gaillard, un bon gaillard… »

Quand le capitaine boit avec Troisième Frère sur le pont, il lui arrive souvent de soupirer : s'il y avait des femmes, ce serait parfait. Le capitaine a une femme et deux fils. La nuit, il se tord souvent les boyaux d'inquiétude. Troisième Frère, sur ce seul point, n'est pas d'accord avec le capitaine. Il dit que l'alcool c'est mieux que les femmes. Même l'alcool le moins cher a plus de goût que la plus jolie des femmes. D'habitude, quand il dit ça, Troisième Frère boit trois verres d'affilée en faisant claquer ses lèvres. Une brise légère souffle sur le fleuve, la montagne baigne dans les reflets de la lune. Infini, inépuisable. Troisième Frère dit : ma vie me satisfait pleinement telle qu'elle est. Le capitaine dit : si t'as pas de femme pour te construire un nid, pas de femme pour pleurer en tête à tête avec toi, on peut dire que t'as pas goûté à la saveur de la vie. Troisième Frère ne dit rien.

Troisième Frère se dit que mieux vaut ne pas goûter à la saveur de la vie. Une femme a meurtri à mort Deuxième Frère : comment pourrait-il pleurer en tête à tête avec une femme ? C'est que de la blague, voilà ce qu'il pense. Cette année-là, jusqu'où allaient vraiment les bonnes relations de Deuxième Frère avec Yang Lang, personne ne pourrait le dire. A l'origine, Deuxième Frère ne devait pas aller à la campagne, mais comme Yang Lang devait partir, il a décidé d'y aller. Il a donné sa charrette à Quatrième Frère. Pour être avec Deuxième Frère, Troisième Frère est, lui aussi, descendu dans la brigade de Yang Lang. Deuxième Frère prenait en charge presque tout le travail que devait faire Yang Lang. Même Yang Meng n'arrivait pas à lui donner un coup de main. Pendant ce temps, Yang Lang tournait autour de Deuxième Frère en parlant et en riant. Sur l'herbe près du cours d'eau, ils s'enlaçaient tous les deux, roulaient sur eux-mêmes, même Troisième Frère était mal à l'aise en les regardant. Deuxième Frère économisait ses sous un à un. Il voulait acheter les plus jolis meubles pour décorer la nouvelle maison. Il voulait que la maison soit aussi douillette que l'ancienne maison de Yang Lang. Troisième Frère travaillait lui aussi d'arrache-pied avec Deuxième Frère pour parvenir au même but. Yang Lang ratait régulièrement toutes les chances de retourner à la ville. Deuxième Frère, lui, renonçait régulièrement à ses chances de partir. Et Troisième Frère décidait de lui tenir compagnie. Tous les ans, il y avait de grands travaux hydrauliques. Deuxième Frère retournait au village une journée chaque semaine. Des dizaines de lis, oh ! il marchait même la nuit, et tout ça juste pour aller voir l'être cher à son cœur. De semaine en semaine, d'année en année. Jusqu'au jour où Yang Lang s'est finalement amenée avec un formulaire. Elle a complété le formulaire et s'est rendue au chef-lieu du district.

Elle est partie trois jours. A son retour, elle a dit à tout le monde que cette fois, c'était sûr, elle pouvait enfin quitter la campagne. Profession : infirmière. Deuxième Frère a invité presque tous les jeunes de la commune à venir prendre un verre pour célébrer ça. Quelqu'un lui a dit que c'était en échange de sa virginité que Yang Lang avait pu obtenir une place. Deuxième Frère s'est figé de stupéfaction. La bouteille d'alcool qu'il tenait à la main est tombée au sol. Yang Meng a tourné les talons et s'est éloigné. Il a tiré fort sur les cheveux de sa sœur. Yang Lang a avoué. Mais elle n'a pas dit qui était l'homme. Troisième Frère avait déjà un couteau à la main. Il était prêt à tuer. Yang Lang a dit que puisqu'elle avait donné son corps à cet homme, elle envisageait aussi de se marier avec lui. Deuxième Frère a demandé à Yang Meng de relâcher sa prise. Il ne supportait pas de voir sa bien-aimée empoignée aux cheveux par son grand frère. Mèche par mèche, il a remis de l'ordre dans les cheveux soyeux de Yang Lang en disant d'une voix tremblotante : « J'sais que t'as été forcée. Je t'en veux pas. Je m'en fais pas pour ça. Mais tu peux pas te marier avec lui. C'est une brute. » Yang Lang a dit : « Alors, fais-en ton deuil. Je me marierai pas avec toi. » « Pourquoi ? » a demandé Deuxième Frère alarmé. Yang Lang a dit : « Je t'ai jamais aimé. Je trouvais juste que tu faisais pitié et je m'occupais un peu de toi, comme ça. Tu dois surtout pas le prendre au sérieux. » Le visage de Deuxième Frère est devenu livide, il a poussé un long cri et est sorti en trombe. Troisième Frère a lâché le couteau et est parti à ses trousses. Il l'a traîné jusque dans sa chambre. Il l'a aidé, à demi conscient, à s'étendre sur le lit. Puis il s'est allongé à côté de lui. Sa fureur était incohérente, il aurait voulu aller sermonner vertement Yang Lang, mais il n'osait pas s'éloigner, même d'un seul pas, de Deuxième Frère. Il savait que son deuxième frère avait reçu un choc. Il savait qu'il ne vivrait plus longtemps. Troisième Frère s'est embrouillé dans des pensées mélancoliques et a sombré dans le sommeil. Il ne se doutait pas que son deuxième frère, qui avait perdu l'amour, n'avait même plus l'intention de vivre une seule nuit.

Yang Lang a finalement quitté la campagne, mais Yang Meng est resté. Devant la tombe de Deuxième Frère, il a bâti une chaumière. Il disait qu'il tiendrait compagnie à son ami jusqu'à sa propre mort. Il allait expier la faute de sa sœur. Troisième Frère a abandonné le couteau avec lequel il s'apprêtait à tuer Yang Lang. Il n'a jamais pu s'expliquer la différence de comportement entre le frère et la sœur. Il n'a pu que se faire à l'idée que « les femmes sont perverses de naissance ». Le capitaine n'a pas donné son avis sur ce que lui racontait Troisième Frère. Il a dit simplement à Troisième Frère : le jour où tu tomberas sur une femme bien, tu comprendras que, comparé à la femme, l'homme n'est qu'une punaise.

C'est dommage que le capitaine n'ait pu voir le jour où Troisième Frère est tombé sur une femme bien. Peu de temps après qu'il a fait ces commentaires à Troisième Frère, la péniche a chaviré dans un tirant d'eau de la vallée du mont Qing. Tout le monde à bord a coulé au fond du fleuve, y compris le capitaine. Seul Troisième Frère s'en est sorti.

C'était au début du printemps de l'année 1985. Depuis lors, Troisième Frère n'a plus jamais eu le courage de remonter à bord d'un bateau. Même se baigner, il n'en a plus le courage. Il a donné sa démission. Il est comme un esprit solitaire flottant à la dérive sans laisser d'ombres ici, ni de traces là. Beaucoup, beaucoup plus tard, Troisième Frère a fait une demande de permis d'exploitation commerciale et a complété son trousseau d'outils. Et maintenant, tous les jours, assis près de la porte latérale du centre commercial souterrain, à la vue de ceux qui viennent d'acheter des chaussures en cuir, il les presse de la même question : « Besoin de faire clouer des semelles ? »

9

Septième Frère se démène toute la journée. Ou bien il participe à cette réunion-ci, ou bien il rédige ce document-là, ou bien il accueille des représentants de la jeunesse modèle, ou bien il vient en aide à de jeunes égarés. Chaque soir, à peine sa tête posée sur l'oreiller, tout s'embrouille dans sa cervelle. Il ne sait plus à quelles activités il s'adonne ni à quoi elles riment. Il sait simplement qu'en se crevant à la tâche comme il le fait, il peut gagner les faveurs des dirigeants. Les fruits de ces faveurs sont les promotions. Et les fruits d'une promotion sont d'avoir un statut social, d'avoir du pouvoir. Et les fruits du pouvoir sont les augmentations de salaire, l'attribution d'un logement convenable, l'accès au bien-être social et au respect de tout le monde. C'est ainsi que le destin d'une personne peut parvenir au plus radical des changements. Septième Frère considère que son but dans la vie, c'est justement de changer son destin. Il n'arrive pas à imaginer ce qu'il serait devenu s'il n'était pas allé à l'université.

Au cours de sa première nuit à l'université, Septième Frère, somnambule, a été arrêté par ses camarades de chambre.

Septième Frère dormait sur la couchette du haut. En descendant, il a renversé le tabouret près du lit. Son voisin de la couchette du bas s'est aussitôt réveillé. A la vue de Septième Frère qui enlevait son maillot et ses culottes courtes et s'en allait dehors complètement nu, il a été totalement abasourdi. Une fois Septième Frère sorti, il s'est empressé de réveiller tous ses camarades de chambre, et ils se sont mis à suivre Septième Frère en silence. Ils l'ont suivi hors des dortoirs. Septième Frère a commencé à tourner autour d'un arbre qu'il venait d'apercevoir. Après quelques tours, il a émis un sifflement perçant à vous donner la chair de poule. Ses camarades de classe sont passés de la peur à la stupeur, avant que l'un d'eux réalise enfin ce qui se passait. Il a dit : j'ai bien peur qu'il ne soit somnambule ! Alors, ils se sont tous avancés ensemble vers Septième Frère, ils l'ont saisi et secoué de toutes leurs forces. Septième Frère a cligné des yeux à plusieurs reprises, puis son corps s'est mis à frissonner. Il a dit : qu'est-ce que vous faites ? Un camarade de classe a dit : tu étais somnambule, on voulait te ramener. Septième Frère a regardé autour de lui d'un air un peu comateux. Puis, après avoir baissé la tête et regardé son corps, il est revenu à lui. Il a fermement repoussé les mains de ses camarades de classe, s'est précipité comme un fou à l'intérieur des dortoirs, a grimpé sur sa couchette et n'a plus bougé. Il s'est souvenu de ces anciennes histoires de fantôme. A vrai dire, a-t-il pensé, le fantôme à la peau blanche et visqueuse du village, c'était peut-être bien moi !

Depuis sa plus tendre enfance, Septième Frère est habitué à se faire tout petit. Si bien qu'à l'université, ses yeux laissaient transparaître une timidité excessive. Il était complètement crispé. Son histoire de somnambulisme en a fait la risée de tous ses camarades de classe. Raison de plus pour se cacher la tête dans les épaules et cultiver son sentiment d'infériorité. Tous les jours, Septième Frère traçait une ligne avec trois points : le dortoir – la salle de classe – la cafétéria. Personne ne lui prêtait attention, et lui-même ne portait pas plus d'attention à ses voisins. Il a vécu ainsi en paix pendant près d'une année.

La qualité de vie à l'université était, bien sûr, des plus modestes. Mais pour Septième Frère, c'était le pur bonheur ! Si bien que son visage anguleux s'arrondissait peu à peu. Septième Frère est, après tout, le fils de Père. Et de tous les fils de Père, il n'en est pas un qui soit aussi beau garçon, aussi bien charpenté avec une si belle physionomie. Septième Frère était toujours aussi crispé, mais son visage était quand même très joli. Dans la classe, des belles filles dans le vent soupiraient, ah ! si seulement Septième Frère se laissait aller un brin, il remporterait tout de suite le titre du plus beau gars de la section. Mais s'il manquait quelque chose à Septième

Frère, c'était bien d'être un peu plus sûr de lui. Le titre honorifique de plus beau gars est donc tombé sur son voisin de couchette.

Le voisin de la couchette du bas venait d'une région rurale du nord du Jiangsu. Ce gars du Jiangsu, quand il était au lycée, avait une grande facilité pour rédiger des articles. Il avait, entre autres, rédigé des reportages sur les exploits révolutionnaires du secrétaire de la commune. Ces reportages, en passant sur les ondes de la radio de son patelin, avaient fait en sorte que tout le district connaissait l'illustre nom du secrétaire. Un an après l'obtention de son diplôme, ce fameux secrétaire s'est donc fait une joie de recommander son entrée à l'université. Et la cérémonie d'adieu pour son départ a été organisée en même temps que celle de son adhésion au Parti. C'est pourquoi, dès son arrivée à l'université, le gars du Jiangsu est devenu le responsable de la propagande de la cellule du Parti de la classe. C'était le genre de personnage propret, caractéristique des jeunes du sud du Grand Fleuve. Si on ajoute à cela ses beaux grands yeux et ses lèvres fines, sa gentillesse et son amabilité, eh bien, il devait emporter facilement l'admiration des filles ! La majorité des filles de la classe étaient des enfants de cadres supérieurs ou de hauts fonctionnaires. De nature hargneuse et entreprenante, toutes dents et griffes sorties, elles étaient pourtant intéressées par les hommes doux et fragiles. C'est quelque chose d'extrêmement étrange. Le gars du Jiangsu avait à ses trousses, un peu comme des chiens fougueux, des filles avec une liberté d'esprit plus grande que la moyenne. Pourtant, il ne manifestait d'intérêt pour aucune d'elles. Son entêtement faisait pleurer les filles à chaudes larmes et rendait les garçons profondément jaloux.

Il ne se doutait pas qu'un jour le secrétariat convoquerait une assemblée générale de la section et qu'au cours de cette assemblée, on y lirait une lettre. Une lettre écrite dans un style fort émouvant. L'auteur de la lettre était une employée à l'entretien. Elle disait comment elle avait rencontré un certain Tian Shuisheng, à l'époque où elle avait appris qu'elle souffrait d'un cancer des os et où elle avait complètement perdu espoir en la vie. Septième Frère s'est dit : ce Tian Shuisheng, ce serait pas le gars du Jiangsu, par hasard ? C'étaient les paroles sincères de Tian Shuisheng qui l'avaient convaincue d'abandonner son projet de mourir. Par la suite, Tian Shuisheng était allé très souvent lui rendre visite et l'encourager. Il l'avait accompagnée à la Grande Muraille, s'était perdu avec elle dans la contemplation du paysage de rivières et de montagnes ; à la colline Parfumée, ils avaient admiré les feuilles rouges du plein automne. Il lui avait beaucoup appris sur la condition humaine. Ils étaient donc tous les deux tombés amoureux. Un amour très profond. Cependant, au cours des derniers mois, la maladie s'était aggravée de façon atroce. Les cellules cancéreuses avaient envahi tout son corps. Tian

Shuisheng, lui, demeurait quand même dévoué corps et âme et prenait soin d'elle du mieux qu'il pouvait. Afin qu'elle puisse jouir du bonheur d'être femme, il avait même consenti à l'épouser. La lettre disait: « Je m'apprête à faire mes adieux à ce monde et à emprunter le corridor lointain de la mort. Avant de poser le pied dans ce corridor, j'ai le devoir de présenter cette belle et jeune âme à tous. Je veux à tout prix proclamer devant tous les hommes de ce monde que mon mari est un homme extraordinaire. »

Les répercussions engendrées par cette lettre ont eu, pour ainsi dire, la même portée que l'explosion d'une bombe à retardement dans une bibliothèque. Le gars du Jiangsu est instantanément devenu un héros. Les journalistes du bureau central ne tarissaient pas d'éloges. Chaque reportage poussait les gens aux larmes. Le gars du Jiangsu a donné plusieurs conférences. On disait que chacune de ses conférences avait beaucoup d'impact. Cette histoire qui faisait vibrer la corde sensible de tous venait de coiffer son destin d'une somptueuse couronne de fleurs. Il a épousé l'employée à l'entretien, qui est morte en moins de six mois. La couronne de fleurs qu'elle laissait au gars du Jiangsu continuait, elle, à être toujours aussi rayonnante de vie qu'avant.

Septième Frère avait cependant l'impression de déceler, mêlé à ce langage imprégné de profonde sincérité et aux envolées extrêmement passionnées du gars du Jiangsu, un sourire en coin un tantinet insolite et louche. Après la disparition de sa femme, ce sourire en coin est devenu de plus en plus perceptible. Un matin, au réveil, le gars du Jiangsu se peignait face à un petit miroir rond en fredonnant une chanson curieusement très joyeuse. Les camarades de chambre étaient tous matinaux. En l'entendant chanter, alors qu'il revenait de se brosser les dents, Septième Frère n'a pu s'empêcher de le fixer droit dans les yeux d'un regard perçant. Le gars du Jiangsu a posé le miroir et croisé ce regard. Il a toussoté faussement à deux reprises et il est sorti comme s'il voulait s'esquiver. Cette employée à l'entretien était morte depuis vingt-trois jours à peine. Septième Frère était parvenu à ce chiffre après avoir compté et recompté à plusieurs reprises sur ses doigts.

Le gars du Jiangsu savait que Septième Frère avait percé le fond de sa nature. Mais cela ne l'a pas empêché de développer de bons rapports avec lui. Entre-temps, Septième Frère a eu une appendicite et est entré à l'hôpital pour être opéré. Seul le gars du Jiangsu allait lui rendre visite, et ce, quotidiennement. Septième Frère n'avait encore jamais eu la chance d'être pris en charge par quelqu'un qui se soucie de vous à tout moment. Devant tant d'attentions et de prévenances, il a été bouleversé de reconnaissance. Le gars du Jiangsu répétait toujours avec un léger sourire : c'est rien, c'est rien !

Le jour où sa plaie était sur le point d'être cicatrisée, Septième Frère lisait, allongé sur le côté dans son lit d'hôpital. Toute cette pile de livres, c'était le gars du Jiangsu qui l'avait apportée pour l'aider à chasser l'ennui. Dans le passé, Septième Frère n'avait pour ainsi dire jamais lu d'œuvres littéraires, ce séjour à l'hôpital lui avait donc ouvert les yeux sur un autre univers. Derrière la fenêtre, le vent sec faisait claquer les branches des arbres dans un crépitement sonore. Cette histoire de charpentier devenu, en dépit de tout, président des Etats-Unis avait enflammé Septième Frère. Si bien que, quand le gars du Jiangsu est arrivé, Septième Frère baignait dans la sueur et ses doigts tremblaient.

Le gars du Jiangsu s'est assis près du lit de Septième Frère, il restait muet mais le regardait avec le même regard perçant. Septième Frère a senti que tout son être venait d'être percé par ce regard. Il a aussitôt dit : je t'ai compris. Le gars du Jiangsu a dit : si t'as compris, ça va. Septième Frère a dit : qu'est-ce que je dois faire ? Le gars du Jiangsu a dit : change ta façon de vivre. Septième Frère a dit : comment il faut vivre ? Le gars du Jiangsu a dit : agis pour changer ton destin, t'as pas à penser au pourquoi du comment. Septième Frère a dit : faut être déterminé et foncer, c'est ça ? Le gars du Jiangsu a dit : pense chaque soir aux souffrances que tu as connues, pense aux regards méprisants que lançaient les autres. Pense à tes enfants et petits-enfants qui suivront péniblement la même route que tu as suivie, en bas de l'échelle sociale.

Septième Frère a réfléchi toute la nuit. Le passé affluait et roulait comme la marée. Septième Frère a poussé un cri d'effroi. Quand l'infirmière est arrivée, il grelottait dans sa sueur. Sa plaie s'était ouverte et du sang perlait. L'infirmière a dit : « T'as fait un cauchemar ? » Septième Frère a dit : « Oui, j'ai fait un cauchemar. »

Son cauchemar était terminé. Quand le soleil a été haut dans le ciel, Septième Frère a senti soudain toute son énergie vitale se rassembler dans son corps, il a senti son sang retrouver sa vitalité et reprendre avec joie sa course impétueuse, il a senti ses os se mettre à faire tout un boucan, il a senti s'installer en lui une profonde libération en même temps qu'une profonde quiétude.

Cette année-là, Septième Frère avait vingt ans. Deux ans plus tard, il a été envoyé à Wuhan. Il enseigne dans un simple collège de Hankou. Mais il est conscient que ce n'est pas ici qu'il finira ses jours. Il en a marre de vivre sans histoire. Il rêve de faire éclater la pluie et le vent, et ce genre de chose, ce n'est qu'en partant à sa conquête ou en le créant de toutes pièces que cela peut survenir et devenir réalité.

10

Celui que Septième Frère a maintenant le plus de mal à regarder en face, c'est Quatrième Frère. Septième Frère n'a ni sympathie ni aversion pour Quatrième Frère. Et c'est la même chose pour Quatrième Frère à l'égard de Septième Frère.

Quatrième Frère est sourd-muet. Il a eu une forte fièvre à l'âge de six mois. Ce jour-là, Père avait été blessé à son travail et Mère était allée auprès de lui sur le port. Quatrième Frère est sorti vivant de cette fièvre, mais il a perdu toute capacité d'entendre et de parler. Cela ne l'empêchait pas de boire et de manger, et en fait il a grandi très heureux au sein de cette famille. Il n'a jamais subi les poings et les pieds de Père. Ce qui explique pourquoi Quatrième Frère lui témoignait une affection hors du commun. Quand Père revenait du travail, Quatrième Frère était le seul à se faire une joie de l'accueillir et de l'interpeller dans son baragouin indistinct, « Pa… Pa ». Il ne connaissait que ce mot. Il ne savait pas dire « M'man ». C'est pour cette raison, et non pas à cause de son infirmité que Mère ne le chérissait pas particulièrement.

A quatorze ans, Quatrième Frère a commencé à travailler occasionnellement. D'abord, il a travaillé comme apprenti auprès d'un maçon. Puis, quand Deuxième Frère a suivi les traces de Yang Lang à la campagne et qu'il lui a donné sa charrette, Quatrième Frère est devenu livreur à son tour. Il fait encore le même travail aujourd'hui.

La vie de Quatrième Frère est tout ce qu'il y a de plus ordinaire et de plus banal. A vingt-quatre ans, il s'est marié avec une aveugle. Lui, il a des yeux pour voir, et elle, les oreilles fines et la bouche agile. C'est donc une famille à part entière. Quatrième Frère s'est vu attribuer un logement de seize mètres carrés. Donc, un peu plus grand que l'espace dans lequel Père et Mère ont habité toute leur vie. C'est là que lui et sa femme élèvent leur fils et leur fille. Il a eu une fille en premier, puis il a eu un fils. Quatrième Frère a eu le temps d'avoir ce fils juste avant le début de la politique de naissance de l'enfant unique. Le fils et la fille de Quatrième Frère sont jolis comme leur père, intelligents comme leur mère. Ce qui, tous les jours, agite Quatrième Frère d'un flot ininterrompu d'onomatopées de plaisir. La maisonnée a déjà son téléviseur et sa machine à laver. Quatrième Belle-Sœur dit que l'argent du réfrigérateur est, lui aussi, presque économisé.

Septième Frère est allé une fois chez Quatrième Frère. Il a vu tous les certificats d'honneur accrochés aux murs de la maison. Tous ces certificats sont au nom de Quatrième Belle-Sœur, du neveu ou de la nièce. Pas un seul au nom de Quatrième Frère. Septième Frère demande à Quatrième Belle-Sœur, pourquoi il n'y en a pas au nom de Quatrième Frère ? Quatrième Belle-Sœur répond : parce qu'il ne sait pas dire de belles paroles.

De toute façon, dit-elle, quand vient le temps de participer aux réunions pour élire les travailleurs modèles, il ne comprend même pas ce qui se passe. Ce soir-là, Quatrième Frère et Quatrième Belle-Sœur gardent Septième Frère à manger. Quatrième Frère sort une bonne bouteille d'alcool Yanghe. Sur ce point, il est tout à fait comme Père. Mais il y a une seule différence : Quatrième Frère ne bat pas fils et fille après avoir bu de l'alcool. Septième Frère se dit, oh ! c'est probablement parce qu'il n'a lui-même jamais souffert des coups !

Combien d'autres gens peuvent, comme Quatrième Frère, vivre leur vie dans le calme, la quiétude et le bonheur ? Est-ce lié au fait que la cacophonie du monde n'arrive pas à atteindre le cœur de Quatrième Frère ? Est-ce cela qui lui permet d'avoir une vie si harmonieuse, si paisible ?

Ah ! Quatrième Frère est sourd et muet !

11

A l'âge où on se doit d'être amoureux, Septième Frère est automatiquement tombé amoureux. La fille a deux ans de moins que lui, elle a des traits fins et un regard doux. Même Père en est estomaqué. Il dit que le petit Septième est quand même pas mal dégourdi de s'être dégoté une demoiselle comme celle-là. Il s'agit du premier compliment de Père depuis la naissance de Septième Frère. La fille enseigne l'anglais, elle est diplômée de l'Institut des langues étrangères. Son père est professeur à l'université. Grâce à sa distinguée famille, elle dégage depuis sa naissance, et avec beaucoup de naturel, un charme et une grâce des plus raffinés. Ces qualités font l'admiration de Septième Frère. Il la courtise depuis deux ans ; en tant que beau-fils du professeur, il profite de ce charme et ce raffinement. Septième Frère et sa petite amie ont commencé à discuter de l'achat de leurs meubles. Toutefois, il n'y a pas de logement disponible dans leur école. L'achat des meubles et le mariage ont donc été remis à plus tard pour l'instant. Compte tenu de son ancienneté et de son rang, Septième Frère devra attendre encore trois ans avant de pouvoir bénéficier d'une toute petite pièce. Personne ne peut être blâmé pour ça. A plus forte raison quand on sait qu'en dépit de ce mode d'attribution, même les professeurs les plus anciens de l'école ne parviennent à obtenir que de minuscules réduits. Mais Septième Frère est presque à bout de patience.

Septième Frère était en déplacement professionnel pendant les congés scolaires d'été. Il revient d'un voyage d'étude de vingt jours à Shanghai. Le bateau remonte le courant, les heures sont d'un ennui difficile à supporter. Septième Frère fait connaissance avec sa voisine de la couchette supérieure. Une femme qui a déjà des pattes d'oie aux coins des yeux. Elle est habillée à la dernière mode et sa conversation n'est pas banale. Comparée à la petite amie de Septième Frère, elle a le style des familles de la haute société. Septième Frère s'entend très bien avec elle pendant les trois jours que dure le voyage. A la descente du bateau, elle lui donne son adresse ainsi que son numéro de téléphone personnel. En la voyant écrire « Lac des Fruits », Septième Frère sait tout de suite qu'il n'est pas tombé sur une fille de famille ordinaire. Et quand elle écrit son numéro de téléphone, un éclair lui sillonne brusquement le cœur. Ce courant électrique égratigne son cœur et y imprègne une sourde douleur. Une fois cette douleur passée, une très grande excitation apparaît sans crier gare. Septième Frère dit en souriant : serais-je bienvenu si je venais te rendre visite ? La femme répond : la porte est toujours grande ouverte pour des personnes comme toi.

Trois jours plus tard, Septième Frère téléphone à la femme. Elle lui dit qu'elle n'a cessé d'attendre son appel. Le cœur de Septième Frère sursaute. Les invitations à se promener ou à aller au restaurant ont commencé. Elle invite Septième Frère à voir des films réservés aux hauts fonctionnaires ou à aller au théâtre.

Septième Frère savait déjà qui était son père. La femme est plus âgée que lui de huit ans. Une étudiante des trois dernières promotions avant la révolution culturelle. Quand son père est tombé en disgrâce, elle a été envoyée à la campagne. Elle a travaillé dur pour expier ses fautes. Résultat, elle est tombée malade. Elle a perdu toute possibilité d'avoir des enfants. C'est arrivé un jour d'orage : en dépit de ses menstruations, elle était restée à son poste sur la digue et avait prêté main-forte aux travaux. Une crevasse s'est formée dans le barrage, elle a sauté à l'eau avec les gars et, de concert avec tout le monde, elle a tenté d'empêcher l'assaut des eaux en crue. Finalement, elle a perdu connaissance et s'est écroulée dans les vagues. Les autres l'ont sortie de là, puis elle est restée un mois à l'hôpital. A sa sortie de l'hôpital, le médecin lui a annoncé ce qui, disent les femmes, est la pire des nouvelles. A cette époque, elle avait vingt-deux ans, elle n'avait pas encore eu l'idée de se chercher un petit ami, elle se préoccupait donc encore moins de la question d'avoir des enfants. C'est à peine si elle a esquissé un faible sourire. Avec l'âge, toutefois, cette question a pris de plus en plus d'importance. Chaque fois qu'elle se faisait un petit ami, elle lui racontait la situation en toute franchise. La plupart d'entre eux soupiraient et mettaient fin à leur relation. Passé trente-cinq ans, la blessure de son âme n'a plus trouvé moyen de se cicatriser. Elle s'est dit que si elle était toujours aussi seule dans la vie à quarante ans, eh bien cette année-là, elle irait sur la digue où elle avait perdu son bien le plus précieux et se tuerait. Elle réfléchissait justement à cette décision quand elle a rencontré Septième Frère. Au début, son attirance envers Septième Frère n'était fondée, comme c'est le cas pour toutes les femmes, que sur le plaisir de se lier avec un homme de belle apparence et bien cultivé. Le plaisir de parler intimement avec un inconnu du sexe opposé. Mais elle n'avait pas prévu que quinze jours plus tard elle ferait face à la cour impétueuse de Septième Frère. Quand elle a annoncé à Septième Frère qu'elle ne pourrait lui donner d'enfant, il n'a manifesté aucune surprise. Il reste à ses côtés comme avant. L'accompagne pour faire des courses, boire un café, visiter parents et amis. Dans les endroits moins fréquentés, il enserre sa taille de son bras et pose parfois un baiser sur son front en souriant. Quand Septième Frère l'enlace dans sa chambre, elle sent son souffle s'accélérer. Ces étreintes passionnées l'enivrent. Pourtant son cœur souffre énormément. Dans les moments de grand calme, il y a une alarme qui retentit en elle comme pour lui dire : ce n'est pas à toi que s'intéresse cet homme, mais à ton père. Elle voudrait échapper à cette alarme, mais son écho ne fait que résonner en elle avec plus d'insistance.

Un jour, elle ne le supporte plus. Elle demande à Septième Frère : « Si mon père était comme le tien, est-ce que tu me ferais ainsi la cour ? » Septième Frère répond avec un léger sourire : « Est-il nécessaire de poser une question aussi sotte ? » Elle répond : « Je devine tes intentions, tes ambitions. » Septième Frère la regarde calmement droit dans les yeux pendant quelques secondes et dit : « Si tu étais une femme intacte, accepterais-tu l'amour de quelqu'un issu d'une famille comme la mienne, avec un statut comme le mien ? » Elle baisse la tête.

Quelques jours plus tard, Septième Frère la conduit à Henan Pengzi. Dans sa maison. Il soulève la cage du lit et, en désignant l'endroit humide et obscur, lui dit qu'il a dormi là jusqu'au dernier jour avant son départ pour la campagne. Il déplace le nouveau canapé et, du pied, délimite une surface en disant que c'est là où dormaient ses cinq frères aînés. Il ajoute que son frère le plus grand travaillait toujours de nuit parce qu'il n'y avait pas de place pour lui.

Dans la cabane, à l'exception du grand canapé et du téléviseur noir et blanc sur la petite table, tout est comme avant. Seule la fenêtre a été condamnée pour pouvoir construire une petite cuisine adjacente. Il n'y a plus qu'une tuile de verre enchâssée dans le toit. Toute la lumière de la cabane pénètre par là. Sur les murs, ce sont toujours les mêmes vieux journaux. Sur le papier jauni, s'étalent encore les mêmes curieux articles d'autrefois. Septième Frère dit : « Si tu avais vécu dans un endroit comme celui-ci pendant un an, tu comprendrais à quel point chacun de mes actes est important. En vérité, si je t'ai choisie, c'est à quatre-vingts pour cent pour le pouvoir de ton père. Et les autres vingt pour cent, c'est pour ton honnêteté et ta bonté. J'ai besoin de ton père pour atteindre mes objectifs. » Septième Frère poursuit : « Je peux aussi te dire qu'avant de te connaître, j'avais une petite amie. Son père est professeur d'université. Nos relations étaient déjà très sérieuses. J'étais pratiquement sur le point de l'épouser quand je t'ai rencontrée. Toi et ton père, en comparaison d'elle et de son père, vous êtes beaucoup plus importants à mes yeux. » Septième Frère dit : « En Chine, un professeur d'université n'a pour ainsi dire pas de valeur. Il m'était donc aussi peu utile que ces journaux d'une autre époque. Alors, j'ai résolument décidé de me séparer de cette première amie. Je me suis avancé vers toi plein de confiance et de courage. Je devais absolument te conquérir. » La déclaration de Septième Frère carillonne dans l'air. La fille est si déconcertée que son visage, dont le printemps est déjà loin, semble comme avoir été tordu par des mains. Défigurée à faire peur. Une enjambée.

Elle donne une gifle cinglante à Septième Frère avant de lui tourner le dos et de s'enfuir.

Septième Frère sourit doucement et ne dit rien. Il affiche une confiance à toute épreuve. S'attend-il à ce que son cœur balance et qu'elle change d'avis ? Septième Frère sait qu'elle a beaucoup plus ardemment besoin de lui que lui d'elle. Il y a un roman qui s'intitule, *Mieux vaut une tragédie que pas de théâtre du tout*. Septième Frère n'a pas lu ce roman mais il trouve que c'est un sujet extra. Mieux vaut un esprit malin que rien du tout. Il se dit qu'elle finira par arriver à la même conclusion.

Ses pronostics se sont révélés aussi exacts que ceux de Zhu Geliang, le stratège des Trois Royaumes. A peine trois jours plus tard, elle revient le voir, les yeux rouges et bouffis. Elle ne peut trouver un autre homme. Elle n'a que lui. D'ailleurs, tout compte fait, il n'est pas si mauvais. Elle dit à Septième Frère qu'elle s'est emportée, qu'elle n'a pas pris le temps de comprendre son point de vue. Elle le supplie de lui pardonner. Septième Frère ne dit pas un mot, il se contente de la bécoter comme avant. Elle est si émue qu'elle en a les yeux noyés de larmes. Septième Frère peut, bien sûr, se servir d'elle pour atteindre le but qu'il s'est fixé, mais elle fera la même chose : elle se servira de lui pour se bâtir une nouvelle vie. Septième Frère lui redonne tous ses espoirs en un jour. Cette douceur absolue de la vie redonne tout leur éclat aux traits flétris de son visage.

A tel point que ses amis n'arrivent plus à la reconnaître quand elle réapparaît devant eux aussi débordante de vie. Septième Frère lui a comme modelé une nouvelle jeunesse. Depuis ce jour, elle ne vit plus que pour lui, corps et âme. Elle le surveille aussi de plus près.

Mais Septième Frère n'est pas du tout du genre à conter fleurette. Il n'y a aucune place en lui pour cette façon de voir la vie. Si on ne connaissait pas ce détail, eh bien on pourrait le mépriser. Mais Septième Frère considère que donner de l'importance à ses désirs sexuels, c'est se rabaisser au niveau des animaux. Ce n'est pas son genre ! Ce qu'il veut, c'est se hisser jusqu'aux niveaux les plus élevés de la société. Devenir un personnage qui fait éclater la pluie et le vent, un personnage vers lequel converge l'attention mondiale, dont la seule voix magnétise les foules. Il veut couper à ras toutes ses racines misérables et ainsi renverser le destin cul par-dessus tête. Il veut se sauver lui-même. Il considère qu'il est de son devoir d'accéder, comme les autres, à des jours somptueux. Sinon, une fois mort, il aura le sentiment d'avoir une dette envers le monde et son esprit ne pourra être libéré.

Septième Frère vient d'être muté au comité provincial de la Ligue de la jeunesse communiste. C'est lui qui a choisi ce poste. Il a consulté un tableau de statistiques. Ce tableau indique le cheminement professionnel de chacun des fonctionnaires qui sont passés par ce comité depuis la Libération. Septième Frère ne se souvient pas exactement du statut actuel de chacun d'eux, mais l'impression qu'il lui en est resté c'est que ceux qui sont passés par cette porte battante ont presque tous atteint des postes élevés et que leur ascension sociale se poursuit toujours. Les grades de ces postes s'alignent les uns après les autres et défilent dans son esprit comme un serpent glacial. Septième Frère est d'abord saisi d'un frisson, puis d'une folle extase. Il sait maintenant qu'il a trouvé la voie royale qui mène au succès.

Septième Frère s'est vu attribuer une maison très spacieuse. Même les professeurs qui ont trente ans d'ancienneté à son ancienne école ne peuvent pas s'offrir une maison comme la sienne. Elle est décorée comme un palais. Des doubles rideaux aux fenêtres, une chaîne stéréo Pioneer, un téléviseur couleur à télécommande, un vaste lit moelleux Simmons. La veille du mariage, Père et Mère vont y faire un tour. Père insiste pour dire que dormir dans un lit comme ça est mauvais pour les os. Alors que Mère, très fâchée, dit qu'avec le tissu gaspillé pour ces doubles rideaux, on aurait pu faire bon nombre de vestons.

Septième Frère passe sa lune de miel à Guangzhou et à Shenzhen. Il souffre d'insomnie, presque toutes les nuits, à l'hôtel Wanda de Shenzhen. Son corps est brûlant comme le feu, exalté comme le feu. Même une fois sa femme endormie, il ne peut pas s'empêcher d'enfouir et enfouir encore son visage au creux de ses seins. Il lui est reconnaissant jusqu'aux larmes. Il a une sorte de pressentiment. Le bonheur qu'elle lui apporte a de fortes chances, un de ces jours, de dépasser son imagination.

Septième Frère laisse libre cours à son plaisir et s'amuse sans retenue pendant ces quelques jours, comme s'il venait d'entrer au paradis. Au même moment, ailleurs, une fille verse toutes les larmes de son corps et se mord les lèvres. Son père et sa mère n'arrivent qu'à laisser passer des injures comme « moins que rien », à travers leurs dents serrées, des paroles sans grande conséquence. Puis ils accompagnent leur fille dont le cœur est prêt à se rompre dans de très longs soupirs.

12

Quand Cinquième Frère donne sa démission et ouvre un petit commerce privé, il ne se doute pas que Sixième Frère vient lui aussi de donner sa démission et d'ouvrir un petit commerce privé. Ils se rencontrent par hasard, à bord du bateau à vapeur. Cinquième Frère entre à la cantine pour souper, il aperçoit Sixième Frère avec un plat à la main et lance un cri de surprise, l'assiette glisse des mains de Sixième Frère et tombe au sol. A l'instant précis où ils se voient, ils éclatent tous les deux de rire. Cinquième Frère est en route pour Nankin où une pile de maillots de corps l'attend tandis que Sixième Frère s'en va faire une livraison de chaussettes de coton à Nantong.

Cinquième Frère et Sixième Frère sont jumeaux. Leurs cœurs sont comme interconnectés. Que Cinquième Frère pense à Septième Frère, et Sixième Frère a accès aux mêmes pensées. Que Cinquième Frère soit enrhumé et on peut être sûr à cent pour cent que Sixième Frère a, lui aussi, le rhume et la goutte au nez. La chose la plus étrange est arrivée à l'école primaire : au cours d'un contrôle de chinois, il y avait trois phrases à construire, ils ont construit exactement les mêmes, et pourtant leurs sièges étaient très loin l'un de l'autre. Cinquième Frère et Sixième Frère forment un couple de la pire espèce depuis l'enfance. Se battre, injurier les gens, voler, s'amuser avec les filles ; aucun méfait ne les a arrêtés. Il en a été ainsi jusqu'à ce que chacun d'eux prenne femme et se retrouve avec un fils. Ils ont alors fini par s'engager sur la bonne voie, par mener une vie décente.

La première fois que Cinquième Frère a amené une petite amie à la maison, Père et Mère étaient en pleine engueulade. C'est que l'alcool que Mère avait acheté était coupé avec de l'eau. Sous l'emprise de la colère, voilà que Père balance la jarre à alcool sur la voie ferrée. Pur hasard, un train passe juste à ce moment-là, la jarre d'alcool se retrouve aplatie comme une feuille de tôle. A cause de cela, Mère s'éraille la voix à engueuler Père. Pendant ce temps, la petite amie de Cinquième Frère fait sa tournée d'inspection comme le font les hauts fonctionnaires, elle ignore pour ainsi dire Père et Mère, elle se contente de passer en revue la pièce d'un air hautain et de dire : « C'est tout, une ruine pas plus grosse qu'un pet ? » Cinquième Frère n'a pas le temps de répondre, Père abandonne Mère derrière lui, fait volte-face et se met à grogner. Il dit : « Si tu trouves la ruine du vieux trop petite, ben dis-toi qu'ici y a pas un pouce pour toi. » La petite amie ne capitule pas : « Oh ! Le vieux diable a gobé un mauvais médicament, depuis quand on grogne comme ça contre le premier venu ? » Sur ce, elle sort la tête haute. Enragé, Cinquième Frère bondit et crie toutes sortes de choses à Père avant de pédaler pour rattraper sa petite amie. Père reste un peu gaga pendant un moment et dit enfin en secouant la tête : « Le monde est vraiment à l'envers, à l'envers ! » Puis il se déniche une bouteille vide et, sans cesser de gémir et de soupirer, part chercher de l'alcool. Résultat, la petite amie de Cinquième Frère ne veut plus venir à la maison, il est obligé de s'installer en résidence dans sa belle-famille. Ils habitent la rue Hanzheng. Sixième Frère accompagne souvent Cinquième Frère là-bas et naturellement, lui aussi se trouve une femme de la rue Hanzheng. Sixième Frère a du doigté, il n'amène pas sa petite amie à la maison. Il prend l'initiative d'annoncer à Père son intention d'aller vivre dans sa belle-famille. D'un geste de la main, Père dit : « Va, va, va, gaspille pas ta salive. Vous deux, vous êtes toujours pareils. » Sixième Frère fait ses adieux à sa famille d'un air très décontracté, comme s'il bénéficiait d'une amnistie générale, puis il part s'installer chez sa bonne femme. Plus tard, presque en même temps (euh ! juste trois jours de différence), Cinquième Frère et Sixième Frère ont chacun un fils. Grassouillets et bien dodus, ils font déborder de joie le beau-père et la belle-mère. Pour Cinquième Frère et Sixième Frère, le rôle de gendre est beaucoup plus reposant que celui de fils. Ils en viennent donc, peu à peu, à oublier l'existence de leurs père et mère de Henan Pengzi.

La rue Hanzheng est depuis des siècles le lieu de rassemblement d'une nuée de marchands. Depuis la boutique « Aux petits bonheurs » au centre jusqu'à la rue Wusheng en haut et Jijiazui en bas, les petits commerces privés bordent la rue et leur nombre dépasse aujourd'hui les deux mille. Une longue avenue de petits étals, des centaines de marchandises de toutes sortes. Cinquième Frère s'est laissé dire, sans équivoque, que près d'un millier de ces boutiquiers étaient des « familles de dix mille yuans », comme on appelle ceux qui se sont enrichis depuis que le marché est libre. Aussitôt son cœur s'est embrouillé, ses pensées sont devenues confuses et le chaos s'est installé dans sa cervelle. Cinquième Frère est maçon dans une équipe de construction, son salaire n'est pas mince. Mais quand même, si on y réfléchit de près, son salaire pour un mois de dur travail n'atteint pas les profits qu'on peut faire en une seule journée dans un commerce privé. Cinquième Frère se dit qu'il est un bon à rien, qu'il doit à tout prix s'organiser pour faire beaucoup d'argent et mener une vie prospère, s'il ne veut pas, plus tard, avoir l'impression d'avoir vécu en vain. Il ne prend pas la peine de discuter de ses états d'âme avec sa femme, il donne tout simplement sa démission le jour même. Sixième Frère a devancé Cinquième Frère d'une seule journée. Ses voisins sont partis d'un revenu de cent cinquante yuans pour devenir, en moins d'un an, une famille riche de dix mille yuans. Sixième Frère voit ce changement s'opérer sous ses propres yeux. Les yeux lui en sortent de la tête. Il réfléchit toute une nuit puis abandonne son métier de mécanicien à la compagnie de transport.

Au début, les maillots commandés par Cinquième Frère sont difficiles à écouler. Il en a commandé dix mille, et vendu seulement mille cinq cents. L'argent ne rentre pas. Tous les soirs, Cinquième Belle-Sœur menace du doigt Cinquième Frère en maudissant ses ancêtres. Cinquième Frère a peur de sa bonne femme. Sur ce point, il ne ressemble pas du tout à Père. Il a beau courir à droite et à gauche toute la journée, à en devenir maigre comme un chicot, les maillots sont tout aussi difficiles à écouler.

Un jour où Cinquième Belle-Sœur casse tasses et bols en maudissant ses ancêtres, Cinquième Frère n'a plus qu'à filer en douce. Son errance le mène à la rue de l'Aéroport. La section entre la rue de l'Aéroport et le marché est le territoire du gang des Tigres volants. C'est le surnom que les citoyens ont donné aux petits marchands ambulants. On peut dire qu'en affaires, les marchands ambulants du gang des Tigres volants sont redoutables. Leur numéro consiste à augmenter les prix et à tricher sur la quantité. Ils excellent à tendre des pièges. Cinquième Frère aperçoit un groupe de femmes, elles encerclent un marchand ambulant et se lancent dans de grandes théories sur le prix de la laine d'agneau. Du premier coup d'œil, Cinquième Frère détecte qu'ils sont tous de la même clique : par de fausses ventes et de faux achats, ils attirent les véritables clients. Une femme vêtue de rouge fait sans arrêt des œillades aux passants. Elle remarque Cinquième Frère et crie : « Aïe ! Si seulement ce chandail en laine d'agneau était pour ce garçon, il deviendrait tout de suite le plus beau gars de la garnison. » Cinquième Frère rigole un peu, s'approche et demande au marchand ambulant « Combien ? » Le marchand ambulant répond : « A toi, il ira à merveille, ça c'est sûr, ça me ferait plaisir, donc je t'le fais un peu moins cher, disons vingt-six, aux autres je le vends trente. » Cinquième Frère le palpe entre ses doigts, il sent très bien sous ses doigts la faible densité des fils de laine d'agneau dans le tricot, il rigole encore un peu et dit : « Seize yuans, prix d'usine, ça j'en suis convaincu. » Puis, avec un air qui en dit long, il laisse échapper un rire et s'en va en balançant les bras. Il entend dans son dos les réflexions ordurières du marchand ambulant et des filles. Cinquième Frère n'est pas du genre à se laisser provoquer. Et, hors de chez lui, il n'a encore jamais eu le dessous. Pareil, cette fois-ci. Cinquième Frère ricane secrètement, va vers un endroit un peu à l'écart, ouvre enfin grand la bouche et explose : « Le contrôleur du bureau de commerce arrive ! »

Ce cri a l'effet d'une bombe. Sous les yeux de Cinquième Frère, toute la place frétille. Ceux qui se hâtent de ramasser leurs vêtements, ceux qui décampent en pagaille, les faux clients mêlés incognito à la foule, les faire-valoir de chacun, rien ne manque aux dix mille grotesques simagrées. En un instant, plus trace du gang des Tigres volants à l'horizon, seules quelques boîtes de carton vides abandonnées sur le sol. Cinquième Frère trouve ça très amusant. Appuyé au pied du mur, il se tord de rire. Pendant qu'il rit à en perdre le souffle, il reçoit un coup sur l'épaule. Il se retourne et reconnaît la fille en rouge. Il dit en riant: « Comment ça, t'es pas partie ? » La fille en rouge dit froidement: « Je voulais voir combien de tours t'avais encore dans ton sac. » Cinquième Frère dit: « Je plaisantais, faut pas prendre ça au sérieux. » La fille en rouge dit: « Même quand on plaisante, faut savoir où et avec qui ». Cinquième Frère pouffe de rire: « Et toi, en plus d'attirer les clients, tu les engueules ! » La fille en rouge le toise et dit: « Ouais ! t'es tout un personnage. » Cinquième Frère dit: « Ben sûr, un fils de Henan Pengzi, un gendre de la rue Hanzheng, ça c'est tout un personnage ! » La fille en rouge dit: « De la rue Hanzheng ? Une famille de dix mille yuans ? » Cinquième Frère dit: « Faudra attendre encore deux ans avant d'être une famille de dix mille yuans. » La fille en rouge dit: « Alors, on est compères ! Dans ce cas, à quoi ça sert de faire des coups aux copains, on gagne tous notre riz de la même manière, non ? » Cinquième Frère dit: « Bon, bon, j'te fais mes excuses.

Veux-tu aller au restaurant de la Grue des Nuages pour te calmer un peu ? » La fille en rouge dit : « T'es quand même généreux, hein, tu veux y aller, on y va ! »

Tous les deux montent directement au troisième étage. La fille en rouge prend le menu et commande. Le cœur dur et la main cruelle, elle ne s'inquiète pas de savoir que Cinquième Frère n'a même pas quelques yuans sur lui. En plus de la tortue braisée, du concombre de mer à l'étuvée, du sauté de maïs et du poulet à la cantonaise, elle fait venir un bol de soupe aux trois fraîcheurs et quatre bouteilles de bière Qingdao. Une commande qui fait gémir Cinquième Frère en sourdine.

Elle lui demande comment vont ses affaires. Cinquième Frère s'imbibe de quelques gorgées de bière et lui annonce, dans un long soupir, qu'il est frappé par la malchance. Elle lui demande pour quelle raison. Cinquième Frère lui raconte ce qu'il en est, l'écoulement difficile de ses maillots. La fille en rouge dit : « Y a des trucs plus difficiles à écouler, faut juste penser à une solution, y a toujours moyen de faire de l'argent. » Cinquième Frère dit : « Tu as une idée ? » La fille en rouge dit : « Je te dirais ça comme ça, pour rien ? » Cinquième Frère dit : « T'auras ta part, c'est sûr. » La fille en rouge dit : « Qu'est-ce que tu proposes ? » Cinquième Frère tend la main : « Cinquante billets de dix. » La fille en rouge dit : « Un demi-mille, t'appelles ça de l'argent ? Si je te fais faire un yuan par maillot, tu prends combien ? Tu me donnes combien ? T'es radin, c'est incroyable ! » Cinquième Frère dit : « Faut quand même pas que j'te donne mille ? » La fille en rouge dit : « Pour te dire franchement, j'ai pas encore décidé que ça m'intéressait. En affaires, faut être capable de regarder loin devant. » Cinquième Frère reste silencieux. En voyant les canettes vides, il dit : « Je retourne chercher deux autres bières. » Il a la bière en main et s'apprête à retourner à sa table quand il s'aperçoit que la fille en rouge a le dos tourné au comptoir. Son sang ne fait qu'un tour, il met la bière dans la poche de son pantalon, puis il marmonne : « J'vais acheter deux autres assiettes d'amuse-gueules » et descend l'escalier sans se presser. Une fois en bas, il se précipite à un arrêt d'autobus et fait la route d'un trait jusqu'à Liuduqiao. Ensuite, il se rend en rotant chez des amis et joue au mah-jong toute la nuit. Le lendemain à l'aube, il rentre enfin chez lui, chancelant.

La première chose que fait Cinquième Belle-Sœur en ouvrant la porte est de donner quelques baffes à Cinquième Frère. Cinquième Frère ne se fâche pas, il dit lentement : « J'vais te raconter une drôle d'histoire. » En l'assaisonnant bien, il raconte par le menu l'histoire de son repas gratuit de la veille, du début à la fin. Cinquième Belle-Sœur rit de bon cœur malgré elle et va même jusqu'à s'écrouler sur le lit. Elle maudit la sottise de la femme et la ruse de l'homme. Malgré elle, de la fierté se mêle à ses insultes parce que cet homme, c'est son mari. Mais Cinquième Frère s'est déjà endormi en travers du canapé, avec de grands ronflements.

Il n'est pas encore levé quand Sixième Frère arrive en trombe et ruisselant de sueur, au petit matin. Sixième Frère le réveille et lui dit, enragé : « Aujourd'hui, tu te débrouilles comme tu veux, mais tu me donnes un coup de main. » Cinquième Frère demande comment il peut l'aider. Sixième Frère dit : « De bonne heure ce matin, j'venais juste de finir d'installer les étals, quand une fille et quelques autres sont arrivés et ont tout cassé, sans plus de commentaires. Z'étaient nombreux, j'ai pas osé rouspéter. En partant, la fille m'a lancé ce maillot en disant : prépare mille yuans, quand ce sera le moment, je viendrai les chercher ! » Cinquième Frère bondit, attrape le maillot et l'examine de près. Sur le devant, un Huo Yuanjia en train de se battre y est esquissé au stylo à bille. Le cœur de Cinquième Frère se dilate, il hausse les sourcils et lance un « formidable ! formidable ! » qui laisse Sixième Frère dans la plus grande perplexité. Cinquième Frère raconte d'abord de long en large ce qui lui est arrivé et lui dit en se frappant la poitrine : « Tes pertes d'aujourd'hui, je m'engage à te les dédommager au double. Et je pète pas plus haut que le trou ! »

Des dix mille maillots invendus, Cinquième Frère en fait imprimer cinq mille avec un Huo Yuanjia et trois mille avec un Chen Zhen. La télévision a tout récemment diffusé cette série, l'impact de ces deux personnages sur le public est encore très grand. Cinquième Frère en offre une vingtaine aux petits gars qui apprennent les arts martiaux. En moins de trois jours, des nuées d'acheteurs s'attroupent devant l'étal. Il monte les prix à trois reprises, les maillots s'écoulent tout aussi facilement. Chaque jour, il est plus riche que la veille. Cinquième Belle-Sœur le regarde d'un air radieux, elle lui apporte du thé, agite son éventail et roule même des hanches devant lui avec un charme exquis. Malgré tout, Cinquième Frère n'arrive pas à effacer de sa mémoire la silhouette de la fille en rouge. Mais elle est toujours invisible.

Trois mois plus tard, Cinquième Frère revient de Guangzhou. A la sortie de la gare de Hankou, une fille se tourne vers lui et lui fait un sourire gracieux. Il réalise aussitôt qu'il s'agit de la fille en rouge. Même si les vêtements rouges ont été remplacés par un superbe tricot vert olive. Il va tout de suite à sa rencontre. La fille en rouge dit : « Tiens, tu me reconnais ? » Cinquième Frère dit : « Hé ! une bienfaitrice, c'est sûr qu'on n'oublie pas ça. » La fille en rouge dit : « J'habite dans le coin, veux-tu venir faire un tour ? » Cinquième Frère dit : « Ben sûr que ça me tente, si tu me considères assez pour ça. » La fille en rouge dit en riant : « Oh, tu sais, tu es si intelligent, si fort, j'aurais beau courir, jamais je pourrai gagner ton cœur. » Cinquième Frère dit : « Je n'admire qu'une seule femme, et c'est toi. » La fille en rouge lui lance un petit regard de côté :

« Vraiment ? » Le cœur de Cinquième Frère se trouble sous son regard. Il se dit que comparer cette femme à la sienne, ce serait comme comparer une Immortelle à une vieille mendiante. Il se dit que s'il pouvait prendre son plaisir avec cette femme, eh bien lui aussi il deviendrait un Immortel. « Chez toi… y a qui d'autre ? » demande-t-il. La fille en rouge dit : « Y a juste moi. Mon mari est parti à Shenzhen. » Cinquième Frère dit : « J'arrive tout juste du sud. Je suis en avance de deux jours. Ma femme s'imagine que je reviens après-demain, aïe ! » La fille en rouge se met à rire. Cinquième Frère en profite pour poser la main sur sa taille.

Cinquième Frère s'agrippe à elle dans les virages. Il est tout joyeux. Il soupire presque d'aise en examinant la fille à ses côtés. Ses yeux, ses sourcils, ses lèvres, et ses seins. Cinquième Frère n'arrive pas tout à fait à se contenir.

Il vient à peine d'entrer dans la maison à la suite de la fille en rouge, que des gaillards forts comme des tigres sont sur ses talons. Cinquième Frère se dit qu'il y a quelque chose qui cloche, il a une série de petits rires. Il dit : « L'autre jour, tu m'as rendu un fier service. J'ai préparé deux mille yuans en récompense. » La fille en rouge a un petit rire froid : « J'ai dit mille, alors mille ça suffit ! L'argent, je l'ai déjà pris à ton frère. Mais l'affaire est pas si simple que ça ! » Cinquième Frère dit : « Et quoi d'autre encore, parle sans te gêner. » La fille en rouge dit : « Une femme comme moi, ça se laisse pas avoir si facilement. En te faisant passer pour un contrôleur de commerce, tu m'as eue une première fois ; en filant en douce dès que tu t'es levé le cul du restaurant de la Grue des Nuages, tu m'as eue une deuxième fois ; aujourd'hui, avec les mauvaises intentions que t'as mijotées en chemin, tu veux m'avoir une troisième fois. J'te le dis franchement, aujourd'hui j'ai demandé qu'on te donne une raclée pour que tu te souviennes une fois pour toutes que, même quand on plaisante, faut savoir où et avec qui. »

Cinquième Frère ne sait plus quoi dire. Il ne peut quand même pas demander pardon à la légère. Après tout, il est le fils de Père. Père dit qu'un homme, même avec un couteau sur la gorge, ça ne sourcille pas. Cinquième Frère ne sourcille donc pas. Il regarde les gaillards qui tombent leurs vestes, ils portent tous un maillot imprimé d'un Huo Yuanjia qui vient de chez lui, son cœur s'assombrit malgré lui. Il déclare soudain : « Amis, j'ai quelques mots à vous dire. » La fille en rouge dit : « Si t'as un pet de travers, lâche-le vite ! » Cinquième Frère dit : « Nous avons un compte à régler, j'accepte la raclée que vous allez me donner aujourd'hui, si vous me blessez, je verrai un médecin, si vous me rendez infirme, je garderai le lit, si vous me tuez, je ne vous en voudrai pas. Cependant, une fois ce compte réglé, ne mêlons pas l'eau du puits avec celle de la rivière, il est inutile de devenir des ennemis jurés. Pour des affaires prospères, faut compter sur les amis, si on se met tous en travers les uns des autres, tout le monde va faire la culbute. » La fille en rouge dit : « T'es un bon gars, malgré tout. T'inquiète pas. On te tuera pas, on te rendra pas infirme, mais tu dois quand même verser un peu de sang. Pour ce qui est de se mettre en travers les uns des autres, moi je le fais pas ; les autres, j'te le garantis pas. »

Sur ce, la fille en rouge sort. Cinquième Frère se fait aussitôt encercler par des poings et des pieds. Très vite, il se retrouve paralysé au sol sans plus aucune connaissance des choses de la vie. Quand il se réveille, il fait déjà noir. Dans la pièce, une lampe brille. La fille en rouge est au métier, elle tricote un chandail de laine en faisant glisser une navette qui ronronne avec régularité. Cinquième Frère se lève avec peine, il ne dit pas un mot et se dirige vers la porte. Comme il s'apprête à franchir le seuil, la très douce voix de la fille en rouge flotte soudain dans l'air : « Fais mes excuses à ton frère. Dis-lui que l'autre jour, je l'ai pris pour un autre. »

Cinquième Frère prend un taxi pour rentrer à la maison. Quand sa famille le voit tout ensanglanté, elle hurle de frayeur. Cinquième Frère n'a ni le courage, ni le culot d'avouer pourquoi il s'est fait battre, il dit qu'il s'est querellé avec un voyou dans un autobus et qu'ils en sont finalement venus aux poings. Cinquième Frère est resté au lit une semaine entière. Quand Père a eu vent de la nouvelle, il a dit, méprisant, que Cinquième Frère était non seulement bête comme un œuf, mais aussi répugnant qu'un chien galeux. Bête de s'être tranquillement laissé battre à ce point. Répugnant de rester tranquillement étalé de tout son long sur le lit pendant sept jours. En fait, Père est exaspéré de voir que cette génération ne vaut pas la sienne.

Tout se poursuit comme dans un rêve. Une fois ses blessures guéries, les affaires de Cinquième Frère redeviennent normales. Il est toujours un peu inquiet à l'idée de voir venir quelqu'un le provoquer, comme la dernière fois ; mais, pendant des mois, c'est le calme plat. Tout de même, il ne peut pas s'empêcher d'admirer en secret cette fille. Il fait partout des recherches pour savoir ce que devient la fille en rouge. Il voudrait devenir son ami. A ce jour, malheureusement, ses recherches ont été vaines.

Cinquième Frère figure maintenant parmi les familles de dix mille yuans de la rue Hanzheng. Bien sûr, Sixième Frère ne fait pas exception. Des familles de dix mille yuans sur la rue Hanzheng, il y en a tout au plus mille, même qu'en fait elles sont très loin des dix mille yuans. A dire vrai, il n'y en a que quelques centaines qui ont ces dix mille yuans bien cachés. Une fois devenus riches, la première chose que des gens comme Cinquième Frère et Sixième Frère apprennent, c'est à jouer. Au début, ils jouent au mah-jong. Avec le temps, jouer au mah-jong devient trop irritant et trop abrutissant pour le cerveau, ils se mettent à jouer aux dés. Ceux qui ont lu le roman d'arts martiaux de Jin Yong,

Chronique du tripode en forme de cerf, connaissent bien Wei Xiaobao, le passionné des dés. En agitant les dés, il lance toujours un tonitruant : « Wei Xiaobao est là ! » Cinquième Frère et Sixième Frère ne savent ni l'un ni l'autre qui est Wei Xiaobao, mais chaque fois que vient leur tour de lancer les dés, ils annoncent à la cantonade : « Wei Xiaobao aaaaah ! »

Quand Cinquième Frère retourne à Henan Pengzi rendre visite à Père et Mère, il voit parfois, assis bien droit sur un petit banc, Père et sa bande de croulants jouer aux cartes de la petite monnaie en criant, le visage et le cou rouges et gonflés. Elle c'est une sale carte, celle-là c'est une mauvaise étoile. Père relève la tête et le toise. En réponse, il fait de même. Cinquième Frère dit qu'eux, quand ils jouent, ils ne comptent même plus les coupures de dix yuans. Père ne veut pas le croire et demande d'un air hautain : alors, comment vous faites les comptes ? Cinquième Frère dit : on empile l'argent et on calcule l'épaisseur avec une règle. Il ajoute : la fois où j'ai joué le plus dur, la mise était de dix centimètres. Père dit : dix centimètres, ça vaut combien ? Ça dépasse pas les cent yuans ? Cinquième Frère dit : un peu plus ; même en pressant un peu sur la pile, ça approche les mille yuans. Père se tourne vers Cinquième Frère et pouah ! lui lance un crachat épais. En colère, il dit : « Si tu veux te gonfler comme un buffle, va voir tes fils, viens pas voir ton vieux. » Cinquième Frère gueule que Père est un pourri de la pire espèce et s'en va. Les mines défaites des camarades de jeu assis aux côtés de Père ne sont pas encore recomposées quand l'ombre de Cinquième Frère disparaît à l'horizon.

Cette fois-ci, Père commence à se demander si Cinquième Frère et Sixième Frère sont bien ses fils.

13

Septième Frère méprise au plus haut point Cinquième Frère et Sixième Frère. En son for intérieur, il emploie souvent les mots les plus fielleux, les plus cinglants pour les maudire. Les blessures que Cinquième Frère et Sixième Frère lui ont infligées quand il était petit, Septième Frère pourra difficilement les oublier de son vivant. Pourtant, dans chacun de ses exposés à des groupes de gestionnaires d'entreprises privées, Septième Frère signale avec fierté que deux de ses frères sont aussi des entrepreneurs privés. Il affirme qu'il a un très grand respect pour ses deux frères aînés. Car, dit-il, ils se sont bâti une nouvelle vie bien à eux, en comptant uniquement sur leur propre labeur et leur intelligence. Septième Frère encourage les jeunes à avoir confiance en eux-mêmes. Vous devez reconnaître la noblesse et la grandeur de votre métier. Sur un mode facétieux, il ajoute : nous autres, on dépend entièrement de notre bouche pour manger, on n'a aucune autre habileté. Le jour où j'en aurai marre de faire ce travail, je démissionnerai et j'ouvrirai une entreprise privée, moi aussi. Il dit que cela lui permettrait enfin d'aller faire quelques voyages à Shenzhen et Guangzhou, surtout, eh ! qu'il n'est encore jamais allé dans ces deux villes. Les paroles de Septième Frère font éclater de rire ces entrepreneurs privés qui, eux, font souvent des sauts dans le Sud. Tous les entrepreneurs privés font l'éloge de Septième Frère, les uns après les autres, et affirment que c'est une personne rare. Ils considèrent Septième Frère comme un confident. En fait, ils ne savent pas qu'il a passé vingt jours à Shenzhen pendant sa lune de miel.

Au Nouvel An, Septième Frère vient faire un tour à la maison. Pur hasard, Cinquième Frère et Sixième Frère y sont eux aussi avec leurs fils. Depuis leur enfance, ils n'ont jamais porté Septième Frère dans leur cœur. C'est pareil aujourd'hui. Ils se moquent complètement du fait que Septième Frère soit le confident de tant d'entrepreneurs privés. Ils s'amusent à se lancer la balle à tour de rôle pour ridiculiser Septième Frère qui, disent-ils, s'épuise corps et âme à gravir les échelons sociaux au lieu de s'épuiser corps et âme à faire un peu d'argent. Puis, ils saisissent à pleines mains les visages joufflus de leurs fils et leur donnent de gros baisers sonnants. Sur le cœur de Septième Frère, ces sons sont comme ceux d'un marteau dont les coups redoublés le font souffrir.

Père n'est absolument pas content de Septième Belle-Sœur. Il pense que cette femme a très certainement des pouvoirs de sorcière.

Sinon, comment expliquer qu'elle soit encore capable de séduire Septième Frère, en dépit de son âge et de cette maladie pire que la mort qui l'empêche d'avoir un fils ? Père pense qu'aucun homme ne peut consentir à épouser une femme qui ne peut avoir d'enfants. D'ailleurs, pense Père, une telle femme, eh ben quelle utilité ça peut avoir ? Père dit : sans piété filiale, pas de postérité. Père dit : aujourd'hui on peut plus se prendre une deuxième femme, penses-y, Petit Septième ; qu'est-ce qu'il va t'arriver plus tard ? Père dit : le mieux serait que tu laisses tomber cette vieille et que tu t'en cherches une autre jeune et jolie. Septième Frère répond : quelles conneries tu racontes là, tu penses comme un pied ! Sa réplique est si tranchante que Père n'arrive pas à reprendre la parole. Père est très humble devant Septième Frère. Il se répète souvent que Septième Frère est un des dirigeants de la province.

Quelques jours après le Nouvel An, Père part tambour battant à Wuchang trouver Septième Frère. Il lui annonce que Grand Parfum et Petit Parfum veulent l'inviter à manger, histoire de bavarder entre frères et sœurs. A ces mots, Septième Frère sursaute de surprise, comme s'il venait d'entendre le président Reagan l'inviter à un banquet. Il a un rire glacé : « Comme la belette qui vient, l'air de rien, souhaiter la bonne année aux poules, où sont les bons sentiments là-dedans ? » Père dit : « Elles sont pas des belettes et t'es pas une poule non plus. » Septième Frère dit : « Jusqu'à maintenant, j'ai toujours vécu comme si j'avais pas de sœurs. » Père dit : « C'est moi qui vous ai tous élevés. Et vous êtes tous sortis du ventre de ta m'man. Que t'aies ou non des sœurs, c'est pas toi qui décides ! » Septième Frère a un autre rire glacé. Puis Septième Belle-Sœur dit : « Allez, puisque t'es invité, vas-y ! Après tout, ton père a fait tout ce chemin pour t'inviter. » Septième Frère écoute le conseil de Septième Belle-Sœur et répond calmement à Père : « Bon, puisqu'on m'invite, s'il y a de quoi manger, pourquoi se priver ? »

Sœur aînée Petit Parfum habite du côté de la rivière Huangxiao. L'homme à la barbe noire qu'elle a épousé il y a quelques années fait partie de la population des chômeurs. Trois mois et demi après leur mariage, elle a donné naissance à une fille. Ce qu'elle voulait, c'était un garçon, mais ça n'a pas marché. Petit Parfum était peut-être capable de gueuler et de japper comme une matrone devant Septième Frère, mais elle n'est pas arrivée à calmer son mari. Si bien que, sous prétexte d'aller faire un tour chez les grands-parents, la barbe noire, un peu avant les deux ans de sa fille, les a amenées dans la province du Henan et les a vendues. La vie dans la campagne du Henan était pénible, Petit Parfum faisait régulièrement des tentatives de fuite. Trois ans plus tard, elle a enfin réussi à s'enfuir. Elle est arrivée à la maison avec en plus un petit garçon dans les bras. Mère l'a d'abord prise pour une mendiante. Il a fallu que Petit Parfum lâche un douloureux « maman » pour qu'elle réalise que c'était sa fille.

En moins d'un an, Petit Parfum était remariée. Sans homme, elle n'arrive pas à vivre. Même avec un seul homme, elle trouve les jours tout aussi pénibles à avaler. A ce nouveau mari, Petit Parfum a donné un fils. Son nouveau mari est maraîcher. Il a divorcé de sa première femme dans un élan de colère parce qu'elle lui avait donné une fille. Petit Parfum, elle, répond bien à ses aspirations. Elle peut donc vivre selon ses mille et un désirs. Car le fils, ça y est, il l'a ! L'idée d'avoir une bonne femme n'est donc plus aussi importante. Pendant qu'il s'amuse à taquiner son fils, Petit Parfum peut amener son amant batifoler à la maison, il s'en fiche. Il cajole son fils, prépare les repas de Petit Parfum et va même jusqu'à s'enquérir auprès de l'invité si tout est à son goût.

Petit Parfum a une fille et deux garçons. Celui qu'elle a ramené de la campagne du Henan n'a pas d'état civil. Et voilà qu'elle pense tout à coup à Septième Frère.

Au même moment, Sœur aînée Grand Parfum pense elle aussi à Septième Frère. Grand Parfum est mariée depuis longtemps. Elle a trois petits tigres comme fils. Les plus jeunes ont terminé le collège. Le plus grand est en attente d'un emploi. Grand Parfum s'est mariée à dix-huit ans. Son mari est charpentier. Il a dix ans de plus qu'elle. Elle mène une petite vie tranquille. Les jours de congé, elle s'assoit devant la porte et prend le soleil. Tout en croquant des graines de pastèque, elle cause de tout et de rien avec une bande de vieilles commères. Le dimanche, elle prend avec elle quelque chose à manger, ou bien de l'alcool, et va rendre visite à Père et Mère à Henan Pengzi. Grand Parfum habite près de Sanyanqiao. C'est un endroit où habitent depuis longtemps les gens des basses classes de Hankou.

Père dit à Grand Parfum et à Petit Parfum que Septième Frère accepte leur invitation à manger chez elles. Grand Parfum dit : qu'il vienne donc chez moi en premier. Petit Parfum dit, non non non, chez moi en premier. Grand Parfum réplique : écoute, penses-tu qu'on peut demander à Septième Petit Frère de mettre les pieds dans ta baraque ? Petit Parfum dit : peu importe de quoi on parle, tu veux toujours tout avoir pour toi, t'as pourtant pas à te plaindre de la vie, non ? Grand Parfum dit : ben voilà, maintenant que ma vie se passe bien, faut que je pense un peu aux générations qui suivent. Petit Parfum dit : moi par contre, c'est à notre Septième Petit Frère que je pense de tout mon cœur. Grand Parfum dit : oh ! que t'as un bon cœur, et pourquoi quand t'étais petite tu pensais pas à Septième Petit Frère ? Petit Parfum dit : et toi, t'es bien plus vieille que Septième Petit Frère, mais tu t'en es jamais occupée. Dans leur dispute, Grand Parfum et Petit Parfum en viennent à maudire mutuellement leurs ancêtres. Sans même se rendre compte qu'elles sont toutes les deux les descendantes de ces mêmes ancêtres.

Père dit : c'est quoi cette façon de vous disputer ? On va faire ça ici, c'est tout. Vous serez les deux hôtesses. Amenez du bon alcool. Le vieux va boire un coup avec son petit Septième, et si vous avez un pet de travers, vous le mettrez sur la table. Les paroles de Père font l'affaire des deux filles.

Quand Septième Frère entre et qu'il voit les airs souriants des Sœurs aînées Grand Parfum et Petit Parfum, il vomit presque sur place. Comme autrefois, le train se met en branle pan-pan-pan devant la porte, les vibrations donnent de légères secousses à la cabane. La petite table est posée au centre de la pièce. Un petit plateau rond surélevé a été ajouté au centre de la table. Sur celui-ci sont disposés des amuse-gueules tels que du saucisson, du bœuf salé, des arachides. L'alcool est de la marque « Pavillon de la grue jaune ». Les yeux mi-clos, Père hume les plats tout en faisant trembler ses lèvres. Sur la table, trois verres d'alcool ont été servis. Père a aussi invité Grand Frère à souper. Septième Frère, Père et Grand Frère, les trois hommes, sont assis à table, alors que toutes les femmes – Mère, Grand Parfum, Petit Parfum – s'affairent à leurs côtés et demandent modestement à Septième Frère si les plats lui plaisent, si l'alcool lui plaît. Septième Frère ne comprend pas où elles veulent en venir à la fin. Il a vraiment l'impression d'être l'invité d'une famille étrangère.

Après avoir avalé trois verres d'alcool, la langue de Père retrouve son lubrifiant. Il dit :

« Petit Septième, ça peut pas être juste toi et ta femme qui profitent de cette vie. » Septième Frère dit : « Que veux-tu dire ? » Père dit : « Tu dois avoir un fils. Sinon, qui prendra la relève de tout ce que t'as entrepris ? » Grand Frère ajoute : « Petit Septième, ce que dit Père est juste. Aujourd'hui t'es en haut de l'échelle, mais quand tu vas mourir, il restera plus rien. Il te manque un fils pour perpétuer tout ça. » Septième Frère ne dit pas un mot. Il trouve que les paroles de Père et de Grand Frère ne sont pas si fausses que ça. Il a changé son destin du tout au tout, et puis après ? Sans descendant, qui pourrait être fier de ses efforts acharnés ? Sans descendant pour profiter de ses réussites à lui, tout cela n'est-il pas inutile ? Père dit : « Petit Septième, tu pourrais adopter un fils. » Sœur aînée Petit Parfum dit aussitôt : « Mon deuxième, tu sais, il est robuste, et pas laid non plus. Pour que toi, mon petit frère, tu puisses avoir un soutien dans tes vieux jours, j'suis prête à te le donner. » Septième Frère a un sursaut de surprise : « Ton fils ? » Petit Parfum attrape une patte de poulet avec ses baguettes et la donne à Septième Frère en disant : « Oui, oui, c'est un bon petit gars. » Sœur aînée Grand Parfum dit à son tour : « Petit Septième, écoute pas ce qu'elle dit. Ce petit, c'est celui qu'elle a eu avec ce paysan de la campagne du Henan, une tête de limace. Mon troisième, lui, il a du talent, un peu âgé peut-être, mais ce serait encore convenable que tu l'adoptes. » Septième Frère est surpris encore plus : « Tu veux dire Sanmao ? » Grand Parfum dit : « Ben oui, Sanmao dit souvent que la personne qu'il admire le plus, c'est Septième Oncle. » Petit Parfum dit : « Sanmao a quinze ans, comment ça pourrait être convenable ? » Grand Parfum dit : « Oh ! c'est quand même mieux qu'un bâtard en tout cas. » Elles reprennent leur dispute. Septième Frère a le cœur à l'envers et plus le moindre appétit. La table pleine de plats et d'alcool le hérisse comme si c'était du poison. Il se lève et dit à Père et Grand Frère : « Je n'ai plus faim. » Tout en tentant d'étouffer les feux de la guerre entre Grand Parfum et Petit Parfum, Père crie à Septième Frère : « Assieds-toi, assieds-toi, si c'est pas pour ton vieux, fais-le au moins pour ton Grand Frère ! » Grand Frère dit : « Si Septième Frère veut partir, laisse-le partir. Mais faut que tu comprennes bien ce qu'on veut dire : quand t'étais petit, t'as souffert plus de misères qu'à ton tour à la maison, ça j'en suis très conscient. Tu t'es sorti de toute cette misère et t'as fini par te hisser au-dessus de la mêlée. De nos jours, t'as de l'avenir. Et ceux qui ont de l'avenir doivent à plus forte raison avoir un descendant. Les fils de Grand Parfum et Petit Parfum sont tes neveux. Vos liens de sang sont très proches. Qui tu adoptes, c'est à toi de choisir, mais vaut mieux en adopter un du même sang que le nôtre. Autrement, notre famille ne reconnaîtra pas ce descendant. » Septième Frère répond : « Je dois y réfléchir. » Dès qu'il est sorti, le brouhaha des Sœurs aînées Grand

Parfum et Petit Parfum explose dans son dos. Même une fois loin de la maison, il entend toujours leurs cris stridents. Tout cela lui donne l'impression d'avoir retrouvé les jours anciens. Effrayé, il accélère le pas. Son cœur ne cesse de frémir. Il finit par ne plus pouvoir le supporter. Il s'agrippe à un arbre, y appuie la tête et vomit d'un seul trait tout ce qu'il a mangé. Il voudrait aussi vomir la frayeur et le souffle froid qu'il y a au fond de son cœur. Après avoir fini de vomir, Septième Frère regarde le ciel obscur et se dit : à quel moment cette famille m'a-t-elle reconnu, moi, son fils ?

Trois jours plus tard, Septième Frère retourne faire un tour à la maison. Il dit à Père qu'il est allé à l'orphelinat choisir un petit garçon d'un an. Septième Frère ajoute : « Peu importe que vous le reconnaissiez ou non comme votre descendant, mais je vous le dis, il est mon fils ! » Sa phrase terminée, il s'en retourne la tête haute. Père en reste bouche bée et les yeux écarquillés. Il voudrait l'engueuler, mais rien ne sort. Il n'ose pas l'engueuler. Dans le cœur de Père, Septième Frère est le fils du gouvernement, pas le sien.

14

Henan Pengzi a vu se construire plusieurs nouvelles maisons. Ses vieilles cabanes de planches ont maintenant l'air de fiancées-enfants débraillées mêlées à de nouvelles mariées, rayonnantes comme des rameaux printaniers. D'après la rumeur, une nouvelle gare sera érigée dans le même alignement que la grande avenue qui est en construction. La gare de Hankou qui ressemble à une église aura fini son temps. Le chemin de fer qui traverse la ville sera transformé en autoroute. Les habitations miteuses de chaque côté de cette future autoroute seront toutes démolies. De grands immeubles les remplaceront.

Tous les voisins crient et sautent de joie : leurs vieilles cabanes peuvent être converties soit en argent, soit en superficie dans un logement neuf. Ils s'affairent à calculer ce qui leur rapporterait le plus et marchandent avec le gouvernement pour obtenir quelques pièces supplémentaires. Seul Père a les sourcils froncés et l'air soucieux. Il dit que sans train, il ne pourra pas dormir. Il dit qu'à habiter dans un bâtiment à étages sans pouvoir s'imprégner du souffle de la terre, l'homme vit moins vieux. Il dit : et le petit Huitième, qu'est-ce qu'on en fait ? Ces jours-ci, Père s'assoit souvent sous la fenêtre et répète sans cesse : « J'ai plus que le petit Huitième à mes côtés. »

Je sais que je ne peux plus rester avec Père et Mère. Plus de vingt ans de doux bonheur. J'ai joui d'un amour familial si chaleureux, si chaleureux. Cette douce couche de terre qui enveloppe mon fragile petit corps. Et ces fleurs rouges resplendissantes comme le feu qui sont en train d'éclore sur cette terre chaude. Ce grondement du train qui passe, ces jets de lumière qui illuminent la cabane de Père en de brefs éclairs lumineux. Il m'est très difficile d'imaginer de quoi aura l'air le monde sans la cabane de Père.

Père me déterre par une belle journée ensoleillée. Le soleil pique les yeux et irradie le sol. Père a fait venir Troisième Frère. Troisième Frère prend la petite boîte en bois et la place à l'intérieur d'une grande boîte en carton puis, à l'aide d'une corde, il la ficelle comme il faut. Il dit : « Eh bien, j'vais l'enterrer aux côtés de Deuxième Frère. Il va avoir un compagnon. » Troisième Frère prend la boîte de carton et l'installe derrière la bicyclette. Il pose le pied gauche sur le pédalier et lance son pied droit au-dessus du siège et de la boîte en carton ; le voilà parti ! Penchés l'un sur l'autre, Père et Mère nous regardent nous éloigner dans le tintement de la sonnette. Ils sont comme un vieux couple d'amoureux, le visage bienveillant tourné loin devant. Puis, abattus, ils s'assoient ensemble sur le seuil de la porte. Je réalise aujourd'hui pour la première fois que Père et Mère sont très très vieux, très très flétris, très très faibles.

Troisième Frère m'enterre à côté de Deuxième Frère, puis il caresse la pierre tombale. Le visage sombre, il laisse échapper un long soupir. Une fois le ciel devenu noir, Troisième Frère entreprend enfin sa lente descente de la montagne, ses pas sont tellement lourds et solitaires. Ses pas, un à un, frappent la terre avec un rythme monocorde comme s'ils annonçaient à tous les amis de la montagne qu'il est épuisé, tellement épuisé.

Les étoiles commencent à poindre. Même les scintillements de la nuit ne peuvent troubler la quiétude de la montagne. Les rayons désolés de la lune inondent de leur lumière notre terre à jamais paisible et tranquille.

Je pense aux paroles de Septième Frère. Septième Frère dit que la vie est comme les feuilles d'un arbre. Que tout ce qui vit doit mourir. Que les chemins diffèrent, mais reviennent tous au même endroit. Septième Frère dit : qui est bon, qui est mauvais, il n'y a jamais moyen de le dire avec certitude. Septième Frère dit : quand tu as compris les choses de la vie et la vie elle-même, tu peux alors te faire une idée claire de la vie que tu dois mener. Je ressasse les paroles de Septième Frère depuis très longtemps, mais je ne sais toujours pas ce qu'il a bien pu comprendre à la fin : de quelle certitude il veut parler, s'il a choisi de vivre ou de mourir. Somme toute, je pense que Septième Frère est aussi naïf et superficiel que tous les vivants.

Et puis, moi et Septième Frère, on n'est pas pareils. Moi je ne parle pas. Je me contente de regarder, calmement et éternellement, là-bas au pied de la montagne, vers cette vue splendide en perpétuelle transformation.

Achevé d'imprimer
sur les presses de
l'imprimerie France Quercy
à Cahors

Dépôt légal : octobre 2003